L'AIGLE DE FER

KODIAK POINT 8

EVE LANGLAIS

English version Copyright © 2015 Eve Langlais

French version © 2021/2022 Eve Langlais

Couverture réalisée par Amanda Kelsey © 2021

Traduit par Emily B

Produit au Canada

Publié par Eve Langlais

http://www.EveLanglais.com

ISBN livre électronique: 978-1-77384-285-1

ISBN livre papier : 978-1-77384-286-8

Tous Droits Réservés

Ce roman est une œuvre de fiction et les personnages, les événements et les dialogues de ce récit sont le fruit de l'imagination de l'auteure et ne doivent pas être interprétés comme étant réels. Toute ressemblance avec des événements ou des personnes, vivantes ou décédées, est une pure coïncidence. Aucune partie de ce livre ne peut être reproduite ou partagée, sous quelque forme et par quelque moyen que ce soit, électronique ou papier, y compris, sans toutefois s'y limiter, copie numérique, partage de fichiers, enregistrement audio, courrier électronique et impression papier, sans l'autorisation écrite de l'auteure.

PROLOGUE

C'est une belle journée pour voler. Un ciel bleu clair, sans un seul nuage, une excellente visibilité à des kilomètres à la ronde, et des températures chaudes mais pas étouffantes à cette altitude. Alors qu'Eli s'envolait – les ailes déployées pour capter les courants d'air – il projetait une ombre sur le sol en contrebas. Une forme majestueuse.

Et dire que les lions étaient ceux que l'on appelait les rois. Tout le monde savait que les aigles étaient bien plus royaux. Le pays le plus puissant au monde en avait fait son symbole.

Les aigles déchirent ! Surtout après quelques bières et une danse en ligne.

L'oreillette que portait Eli restait silencieuse pour le moment. Elle était insérée dans son conduit auditif et était recouverte de plumes. Généralement, elle survivait à ses métamorphoses, contrairement à ses vêtements – une personne intelligente se déshabillait avant de se transformer. Personne n'avait envie de vivre un autre incident. Une aile coincée dans un pull pouvait avoir des conséquences tragiques.

Même s'il s'était déshabillé pour cette mission, il portait deux choses dans ses serres et gardait les instructions en tête. Le brief de la mission avait donné l'impression que la tâche était simple, mais Eli comprenait l'importance de la réaliser correctement. En tant que chef d'escadron, le succès reposait sur lui et sur les braves soldats avec lesquels il travaillait.

Si jamais il oubliait certains détails, l'oreillette le guiderait. Cependant, il était peu probable qu'il ait besoin de conseils. Il n'avait pas obtenu son rang actuel dans l'armée en ignorant les ordres. Un bon soldat obéissait toujours.

L'équipe d'Eli – neuf au total, lui compris – s'était divisée en trois groupes de trois. Il dirigeait le groupe de pointe, tandis que les autres volaient plus loin, flanqués à sa gauche et à sa droite...

Il reçut finalement de nouvelles instructions dans son oreillette.

— La cible est en approche. Vous devriez avoir un visuel dans moins de soixante secondes.

L'avion était toujours à l'heure et suivait sa trajectoire secrète, volant assez bas pour éviter la plupart des radars, se dirigeant vers une chaîne de montagnes en Afghanistan. Ils ne pouvaient pas le laisser atteindre les rebelles. C'était à Eli et son équipe de l'arrêter.

Il ne pouvait pas répondre. Sa forme d'aigle était parfaite pour voler, mais pas pour parler. Il montra l'exemple, s'inclinant et battant des ailes pour voler plus haut, suffisamment haut pour que les pilotes ne remarquent pas les taches sombres au-dessus d'eux. Après tout, personne ne s'attendait à ce qu'un oiseau de cinq kilos soit dans le ciel, et encore moins neuf d'entre eux.

Le vol groupé d'Eli – lui, Tomas et Bentley – le suivait à la trace. Ils s'étaient entraînés et avaient travaillé ensemble depuis des années désormais. Ils savaient comment se déplacer pour ne faire qu'un. Une fois qu'il se mettrait en mouvement, les deux autres vols groupés commenceraient à réduire l'écart entre eux et l'avion, mettant leur plan à exécution.

Grâce à leur regard d'aigle, littéralement, tout l'escadron repéra l'avion qui descendait avant même de l'entendre. Une tache sombre en approche, remplie d'armes qui blesseraient les civils et les troupes si les rebelles mettaient la main dessus. Ils ne pouvaient pas permettre que la paix fragile au Moyen-Orient soit brisée. Alors que l'avion se déplaçait plus vite qu'ils ne pouvaient battre des ailes, menaçant d'être bientôt hors de portée, le vol groupé d'Eli, composé de missiles à plumes, plongea et ils ouvrirent leurs serres dès qu'ils furent assez près pour pouvoir lire les inscriptions sur l'avion. Les bombes aimantées heurtèrent l'extérieur de l'appareil et s'y accrochèrent.

Les lumières clignotèrent lorsque les dispositifs s'activèrent.

— *Skriii !*

Il poussa un cri aigu que le récepteur qu'il portait pouvait transmettre. Pour confirmer le succès de la mission. S'il émettait plus d'un gémissement, la mission était un échec. C'était également un signal pour son équipe.

En entendant son cri, ils virèrent de bord, s'éloignant de l'avion et volèrent dans la direction opposée.

Quelques secondes plus tard, les bombes explosèrent, brisant le métal et endommageant l'avion. Tournoyant en plein vol, Eli battit des ailes plusieurs fois tout en jetant un coup d'œil sur le côté. L'avion avait subi des dommages catastrophiques. Des flammes jaillirent des réacteurs et sa vitesse diminua considérablement. L'avion vacilla et pendant un instant, il sembla qu'il allait partir en vrille. Le pilote reprit le contrôle de l'appareil et réussit à le stabiliser alors qu'il descendait vers une zone dégagée.

Il y avait peu de chance qu'il atterrisse intact. Mais quand même, ils ne devaient négliger aucun détail.

Poussant un cri perçant, Eli avertit les deux autres vols groupés. Ils se précipitèrent vers l'avion, plongeant vers lui, l'aveuglant, empêchant le pilote de planifier son atterrissage. La montagne se rapprochait. Encore et encore.

L'avion dépassa le point de non-retour. Eli laissa échapper un sifflement aigu et son escadron vira de bord, une rotation fluide vers le haut et l'extérieur, gonflant leurs ailes pour prendre de l'altitude. L'avion ne pouvait pas rivaliser avec leur dextérité.

Boum !

Leur cible s'écrasa et explosa en une boule de feu qui détruisit tout de l'intérieur. Un succès complet.

Une bonne journée de travail pour l'Aigle de Fer. Encore une autre mission réussie. Son dernier moment de gloire avant sa chute épique.

CHAPITRE UN

Plusieurs années plus tard...

Trébuchant jusqu'à chez lui après avoir passé l'après-midi à boire, l'estomac d'Eli qui n'était pas si métallique et solide que ça, se tordit et se souleva, menaçant d'éclabousser la route, pile devant sa voisine qui le scrutait derrière ses rideaux.

Oh merde. Non, pas encore.

La dernière fois, Mme Parkley avait pété les plombs, estimant qu'elle nettoyait déjà assez le vomi de son mari après une nuit de débauche. Elle n'avait pas non plus besoin de nettoyer celui d'Eli.

Il s'était excusé, car c'était la seule chose qu'il pouvait faire. Il s'était efforcé de ne pas vomir devant chez elle. Sans succès. Bizarrement, c'était comme si son estomac reconnaissait cette vue familière avec cette grenouille qui chevauchait une moto dans le jardin et savait qu'il était bientôt arrivé. Comme quand on a envie de chier dès qu'on franchit le pas de la porte.

Si t'as pas envie de vomir, arrête de te bourrer la gueule.

Hum.

Un choix difficile.

Il ferait mieux de prendre un verre et d'y réfléchir en rentrant à la maison, qui, Dieu merci putain, n'était plus très loin. Et encore, c'était bien gentil d'utiliser le terme « *maison* ». C'était un mobile home, miteux d'un point de vue extérieur et pourtant impeccable à l'intérieur. À chaque fois qu'il se réveillait avec la gueule de bois, pour se punir d'avoir été faible, une fois de plus, il passait une heure ou plus à faire le ménage avant d'aller travailler à la pêcherie du coin. Ça ne sentait pas très bon, mais il avait besoin de toucher un salaire. Sinon comment aurait-il pu acheter de l'alcool ?

Kodiak Point n'offrait pas d'échantillons d'alcool gratuits comme dans les autres villes. Mais bon, l'herbe qu'il faisait pousser dans les bois était plutôt bonne. Si seulement la petite réserve qu'il cultivait durait tout l'hiver et ne puait pas autant qu'une mouffette qui se serait installée chez lui.

La ville aurait pu lui offrir un meilleur travail et des drogues plus chics, mais quand il avait quitté l'armée il avait emménagé dans la bourgade où il avait grandi, élevé par son grand-père – un endroit loin des gens. Des humains, pour être plus précis. Il n'avait pas le choix, car il n'était jamais à l'abri que son aigle surgisse en étant trop ivre. Ça avait commencé quand il était adolescent durant une fête d'Halloween. Il avait mélangé de la bière avec du whisky. Mauvaise idée. Il s'était réveillé nu dans le jardin avec son grand-père qui lui jetait un regard noir.

Ce dernier avait le crâne chauve et brillant, mais ses sourcils étaient aussi épais que des chenilles poilues qui ondulaient de manière éloquente quand il passait un savon à Eli.

Son grand-père lui manquait. Il préférait se faire réprimander toute la journée plutôt que d'éprouver de la culpabilité auprès de Boris et du gang. Avec leurs discours d'encouragement en lui expliquant qu'il valait mieux que ça. Qu'il avait intérêt à se ressaisir. « *Oui, la vie peut être merdique. Mais tu peux te bâtir un meilleur avenir.* »

Bla, bla-bla.

Il ne méritait aucun avenir après ce qu'il avait fait. Il vit un petit violon qui se mit à jouer, comme un personnage de dessin animé qui se moquait de cet auto-apitoiement, pendouillant devant lui sans qu'il ne puisse l'attraper.

Il cligna des yeux puis l'instrument disparut.

Le whisky était particulièrement puissant ce soir-là. Il leva les yeux. Le crépuscule tombait rapidement. Seul un mince éclat d'argent était visible au-dessus de sa tête.

Tant mieux. Il avait eu quelques problèmes avec la pleine lune récemment. Rien de tel que de se réveiller nu au milieu d'un tas de souris régurgitées et d'insectes pour haïr encore plus sa vie.

Quand l'armée l'avait jeté dehors, il avait pensé avoir touché le fond. Apparemment, il pouvait sombrer encore plus bas. Comme si ça ne suffisait pas, il avait également la réputation de se promener nu à chaque Halloween en hurlant qu'il était le fantôme de son grand-père – ce vieux bâtard bourru aimait le posséder durant cette nuit sacrée. La vidéo de lui en train de pisser sur la crèche et de vomir sur le petit Jésus était un incident pour lequel même lui ne pouvait pas s'excuser.

Il avait essayé d'arrêter de boire après ça, mais les fantômes de ceux qu'il avait déçus le hantaient. Le seul moyen d'être en paix était de boire jusqu'à ce qu'il perde connaissance. Ce qui le conduisait à avoir de sales gueules de bois. Même si les métamorphes pouvaient digérer l'alcool plus rapidement que les autres, la gnôle conçue dans la cabane de McPherson aurait pu mettre un élan par terre. Boris les menaçait toujours de charger quiconque évoquerait la fête de Noël où quelqu'un avait bien corsé le lait de poule, et qu'il avait défié Kyle, le caribou, dans un combat, en prétendant que le père Noël n'utiliserait jamais un renne chétif pour tirer son traîneau alors qu'il était plus logique d'utiliser un élan puissant.

C'était un homme bon, ce Boris. Tout comme Reid, l'alpha et tous les habitants de Kodiak Point – la plupart d'entre eux étant d'anciens militaires comme Eli. Des hommes en fuite, mais plus pour longtemps. Le monde changeait si vite. Les métamorphes avaient été découverts. Les dragons existaient. Même si Eli était quasiment sûr d'avoir été ivre quand il avait entendu des gens parler des cavaliers de l'apocalypse qui étaient apparus dans le désert.

Mais des dragons en revanche ? Il avait vu les vidéos. Quel escadron ils feraient ! Imaginez mener des dragons jusqu'à la victoire.

Pendant une seconde, l'Aigle de Fer, capitaine des cieux, ressentit à nouveau cette excitation à l'idée de mener une force de frappe, le vent dans ses ailes, battant des...

Non. Plus jamais. Où est le whisky ?

Le temps où il était à la tête de plusieurs missions avait pris fin il y a trois ans. Il y a mille-deux-cent-trois jours pour être exact.

Combien de temps lui faudrait-il encore pour se racheter ?

Il pataugeait dans la boue à chaque pas, la fonte du printemps arrivant enfin. Avec les températures plus chaudes, les routes vers l'extérieur allaient s'ouvrir à la circulation et l'exode allait commencer. Kodiak Point n'était plus considéré comme un havre de paix pour les métamorphes. Il y avait eu trop d'incidents, trop de secrets avaient éclaté.

Ceux qui avaient une famille cherchaient à s'installer là où ils pourraient se fondre dans la masse et se cacher dans l'espoir de résister à la tempête à venir. Eli n'en faisait pas partie.

Et puis merde. Si quelqu'un voulait venir lui tirer dessus car il était un métamorphe, qu'il le fasse. Il avait atteint la quarantaine l'an dernier. Ou bien était-ce l'année d'avant ? Peu importe. Il était has-been. Il n'était qu'un raté. Le monde se porterait mieux sans lui.

Le violon des dessins animés se mit à jouer une chanson triste.

— Ferme ta gueule ! bredouilla-t-il.

Clignant des yeux, il repéra son mobile home devant lui. Un grand 4x4 était garé devant avec des chaînes sur ses pneus. La boue recouvrait la carrosserie noire mais cela ne l'empêcha pas de remarquer qu'il s'agissait d'un véhicule avec vitres teintées, une plaque gouvernementale et qui était clairement synonyme d'ennuis.

Bordel. Que lui voulaient les flics ? Il avait déjà été déshonoré. Pas à cause de ce qui s'était passé. Ils avaient essayé de lui dire qu'il n'était pas fautif, même s'il savait que c'était faux. Ils l'avaient viré à cause de ce qu'il avait fait *après* l'incident. S'il avait pissé en public on lui aurait sûrement tapé sur les doigts. Mais pisser sur le général et son épouse alors qu'ils dormaient dans leur lit ? Apparemment, il était allé trop loin.

Mais il avait eu ce qu'il voulait. Une punition.

Peut-être qu'ils en avaient d'autres à lui donner. Il avait déjà renoncé à tous les avantages auxquels il avait encore droit. Avaient-ils décidé de lui confisquer ses affaires ? Ils ne risquaient pas d'obtenir grand-chose.

Son estomac gargouilla.

Ce n'était pas le moment de parler à qui que ce soit. Il se dirigea vers les bois. À cette période de l'année, il faisait encore froid, mais ce ne serait pas la première fois qu'il cuverait son alcool et se réveillerait un peu engourdi par le froid le lendemain matin.

— Capitaine Jacobs ! cria une femme, s'adressant à lui avec le grade qu'il avait perdu avec sa carrière militaire.

Il se mit à courir d'un pas rapide.

— Capitaine Jacobs vous comptez vraiment vous enfuir ? demanda-t-elle d'un air perplexe.

Oh que oui. Mais comme pour tout ce qui avait suivi l'incident, il échoua. Il trébucha et tomba tête la première dans la boue, manquant de tomber sur un excrément.

Super.

Une botte martela la boue à côté de son visage.

— Vous êtes bien le capitaine Jacobs ?
— Ça dépend.
— Je n'ai pas le temps pour ça.
Il gémit.
— Vous ne pouvez pas juste me laisser tranquille ?
Au lieu de ça, elle lui lança un ordre.
— Debout.
— Nan. Je suis bien là où je suis.
— Tout de suite ! s'énerva-t-elle.
— Bon, puisque vous le demandez si gentiment, grommela-t-il, roulant sur le dos – la position debout allait devoir attendre vu que tout tournait autour de lui.
— J'ai dit debout.
— Ou vous pouvez aussi vous allonger. Regarder les étoiles, suggéra-t-il, même si elle lui bloquait la vue.

La femme surplomba Eli de toute sa hauteur, prenant un ton agacé alors qu'elle lui disait :
— Avec toute cette saleté sur votre visage, je ne suis pas sûre. Êtes-vous bien le Capitaine Eli Cole Jacobs ?
— C'est seulement Eli ces derniers temps.
— Plus maintenant. À partir de maintenant, vous êtes de nouveau le Capitaine Jacobs. Considérez-vous rappelé au service actif.

Cette idée ridicule poussa Eli à se remettre un peu trop rapidement en position assise. Il sentit son estomac tourner dans tous les sens et bafouilla :
— Vous n'êtes pas sérieuse ?
— J'ai l'air de plaisanter, *Capitaine* ?
— Non, vous ne pouvez pas faire ça. J'ai été renvoyé sans les honneurs.

— C'est une urgence, ce qui veut dire que les règles habituelles ne s'appliquent pas.

— Je ne suis pas apte au service.

C'était peu dire. Il roula sur les genoux. Il pencha la tête alors qu'il luttait contre le vertige. Pas seulement à cause de l'alcool qui s'agitait dans son estomac. L'idée même de se remettre en service lui donnait la nausée.

Je ne peux pas.

— Vous n'avez pas le choix.

Et voici ce qu'il lui répondit.

Il vomit la tourte à moitié digérée que la femme de McPherson lui avait fait manger, crachant les morceaux de nourriture imbibés de liqueur sur ses pieds.

CHAPITRE DEUX

J'ai fait tout ce trajet pour ça ? Yvette fixa le bout de ses bottes en caoutchouc. Au moins, elle ne sentait pas l'humidité du vomi sur elle, en revanche elle voyait très clairement les morceaux de nourriture et elle fit de son mieux pour ne pas avoir elle-même un haut-le-cœur face à l'odeur.

Dégoûtant. Tout comme l'homme allongé sur le sol.

Le capitaine Eli Jacobs, connu sous le nom d'Aigle de Fer. Ce n'était pas un nom connu du grand public, malgré ses nombreuses réalisations. Le Capitaine Jacobs avait travaillé pour une branche secrète de l'armée. Il avait été le leader de l'escadron top secret des aigles, une force d'élite capable de mener à bien les missions les plus complexes et les plus dangereuses. Jusqu'à l'incident qui avait dissous l'escadron. Et ceux qui avaient survécu avaient quitté l'armée pour la plupart. Ou, dans le cas du capitaine, avaient été expulsés pour conduite inappropriée.

Cependant, avec l'avenir qui était en jeu, le passé

n'avait pas vraiment d'importance – c'est pourquoi elle avait roulé sous des conditions difficiles pour le retrouver. Ils n'avaient pas le choix. Le mal était littéralement à leur porte. Ils avaient besoin de toute l'aide qu'ils pourraient obtenir, même celle d'un ivrogne.

Cet homme n'avait même pas de téléphone ou d'adresse email.

Lorsqu'elle avait contacté le leader de cette petite ville au milieu de nulle part, il lui avait dit que si Eli ne voulait pas leur parler – *eux* qui étaient la liaison militaire du Conseil des Métamorphes – ce serait son droit.

Reid Carver : alpha et leader de Kodiak Point, un ancien militaire et métamorphe ours avec un dossier impeccable. Il faisait partie des quelques vétérans installés en ville, dont beaucoup étaient mariés et avaient des enfants. Lorsqu'elle avait commencé à chercher des personnes auxquelles ils pourraient faire appel pour le combat à venir, elle avait été surprise par le nombre de légendes qui vivaient dans cet endroit. Des vétérans comme Boris l'élan et ses bois impressionnants, Gene l'espion fantôme et rare ours polaire. Et ceux-là n'étaient que les résidents les plus mémorables.

Kodiak Point aurait pu former sa propre petite armée avec des métamorphes qui avaient secrètement servi le pays pour ensuite retourner à la vie civile. Mais elle avait le sentiment qu'Eli était venu ici pour se cacher et mourir. Quel gâchis quand on savait l'homme qu'il avait été.

Si la situation n'avait pas été si grave, elle serait partie. Au lieu de ça, elle aboya :

— Levez-vous.

Eli resta à genoux, la tête baissée en gémissant :

— Allez-vous-en.

— Je ne peux pas.

— Vous allez être obligée. Je ne peux pas vous aider. Merde, je ne peux même pas m'aider moi, alors.

Un rire plein d'autodérision suivit.

C'était un homme qui avait touché le fond et n'avait pas encore réussi à se relever.

— C'est bon, vous avez fini de vous apitoyer sur votre sort ? Votre pays a besoin de vous.

Il parvint à relever la tête, assez pour lui jeter un regard noir.

— Ce n'est pas de l'apitoiement, c'est simplement la vérité.

Une mèche de cheveux gras tomba sur son visage, le masquant. Les photos de son dossier avaient révélé un homme à la mâchoire carrée, au nez aquilin et aux yeux perçants. Celui qui se tenait à genoux devant elle ne s'était pas rasé depuis longtemps et des touffes de poils sauvages poussaient sur son menton et sa mâchoire. Ses cheveux n'avaient pas dû voir de ciseaux ou de shampoing depuis un moment. Quant à son odeur ? Heureusement qu'ils étaient dehors.

— La vérité, c'est que vous êtes un drogué. L'alcool, les drogues. Votre dossier indique que vous souffrez de culpabilité. Ce qui n'est pas justifié. Vous avez fait tout ce que vous pouviez...

— Mais ce n'était pas assez, l'interrompit-il. J'aurais dû faire plus. C'est de ma faute s'ils sont morts. Et ça ne se reproduira plus.

— Vous avez effectué cent-trois missions réussies sans

perdre personne et pourtant vous vous qualifiez de raté après n'avoir essuyé qu'un seul échec ?

Cela avait également été mentionné dans son dossier. Il souffrait d'une sorte de culpabilité extrême et exagérée.

— Celle-ci a causé la mort de trois personnes, dit-il d'une voix rauque. C'était trois de trop. Ç'aurait dû être moi.

Il s'effondra presque, prenant dans sa main de la neige craquelée, cristallisée par la chaleur du printemps. Il la déversa sur ses bottes et s'en servit pour les nettoyer.

— Ne vous fatiguez pas. Je vais les jeter et mettrai une paire de rechange que j'ai dans le coffre.

— Désolé. Ça doit être quelque chose que je n'ai pas digéré, marmonna-t-il.

Une belle excuse, mais elle n'était pas prête à lui faire de cadeau.

— Vous devriez plutôt essayer de ne pas être déjà ivre mort à dix-neuf heures.

— Il est si tard que ça ? rétorqua-t-il. D'habitude je suis dans les vapes dès dix-sept heures.

Elle pinça les lèvres. Se croyait-il drôle ?

— Vous êtes une honte.

— Ouaip.

Il n'essaya même pas de le contester.

— Vous allez devoir dessouler et prendre une douche avant qu'on parte.

— Je ne partirai pas avec vous.

Il se leva et vacilla.

Elle fut surprise de constater à quel point il était plus grand qu'elle. Son dossier avait mentionné qu'il faisait un mètre quatre-vingt-douze et quatre-vingt-six kilos.

Jusqu'à présent, il lui avait paru... petit. Faible. Pendant une seconde, elle put presque imaginer l'homme qu'il avait été.

Puis il rota et elle faillit vomir.

— C'est bon, on a fini ? demanda-t-il. Je crois que je vais encore vomir.

— Quand serez-vous prêt à partir ?

— Qu'est-ce que vous ne comprenez pas dans « *jamais* » ? Je ne partirai pas avec vous. Ni maintenant ni jamais. Ma carrière militaire est terminée.

Elle aurait pu lui hurler dessus en lui disant que c'était un ordre. Elle aurait pu lui tirer dessus pour insubordination. Au lieu de ça, elle le regarda et lui dit :

— Le monde est menacé. On a besoin de tout le monde à bord.

— Et vous êtes venue me chercher moi ? ricana-t-il.

— Vous n'êtes pas le seul ancien militaire que nous venons chercher. D'autres ont déjà accepté de nous rejoindre.

— Je ne vole plus.

— Espèce de lâche ! s'énerva-t-elle. Qu'est-ce que vous ne comprenez pas dans « *le monde est danger* » ? Cet apitoiement sur votre sort est indigne d'un homme de votre talent. Reprenez-vous. Si vous ne le faites pas pour vous, alors faites-le pour les enfants, les femmes et les hommes de ce monde qui ont besoin d'un héros, là, tout de suite.

Elle n'aurait pas dû employer ces mots, car son visage se ferma.

— Je ne suis pas un héros.

Il s'éloigna d'elle et elle eut envie de le gifler et de

hurler. Mais ça ne servirait à rien. Le capitaine allait devoir choisir, sinon, il ne leur serait d'aucune utilité.

— Allez-y, partez. Allez prendre un autre verre. Mais rappelez-vous que lorsque vous commencerez à être témoin des conséquences de votre inaction et de votre refus de nous aider, cette fois-ci, ça sera *vraiment* de votre faute.

Alors qu'elle se dirigeait vers son 4x4, elle lui cria :

— Si jamais vous changez d'avis, je pars demain matin. Il y a un vol au départ d'Anchorage dans trois jours.

— Bon voyage.

Yvette ne put s'empêcher de lui rétorquer d'un ton sec :

— Allez vous faire foutre.

Elle savait déjà que si elle atterrissait sans l'aigle, elle allait se faire hurler dessus. Le Brigadier Général Kline avait été très insistant. Il avait affirmé qu'il leur fallait quelqu'un qui avait les compétences du capitaine s'ils voulaient réussir leur mission. Elle ne connaissait pas tous les détails que cela impliquait, elle savait seulement que c'était important.

Elle changea de bottes, laissant la paire sale devant la maison du capitaine avant de monter dans son SUV et de se diriger vers la résidence de l'alpha. Elle avait été invitée à y passer la nuit ce qui allait bien avec la deuxième raison de sa présence à Kodiak Point.

Comme il valait mieux que certaines choses ne soient pas communiquées par voie électronique, le général lui avait demandé d'informer Reid Carver et les autres vétérans qu'ils étaient également rappelés au service actif et qu'ils devaient s'attendre à recevoir d'autres instructions de la part du Conseil des métamorphes. Le monde était en train de devenir bien étrange avec l'apparition de cryptiques – terme scientifique qui désignait les différentes espèces non humaines. Les métamorphes faisaient toujours de leur mieux pour rester discrets auprès des humains. Cependant, certaines autres espèces ne l'étaient pas. Comme les dragons qui avaient été repérés trop de fois pour qu'on puisse nier leur existence. Et plus récemment encore, les génies – de mauvais esprits constitués de fumée qui avaient tendance à tout détruire sur leur passage. Oh, et n'oublions pas les cavaliers de l'apocalypse, quatre créatures mystérieuses qui avaient émergé du désert et avaient créé le chaos sur les réseaux sociaux.

C'était une époque dangereuse pour les cryptiques, ce qui voulait dire que tout le monde, même les ivrognes qui s'apitoyaient sur leur sort, avaient un rôle à jouer.

La porte d'entrée de l'alpha s'ouvrit et l'épouse de Reid, Tammy se tint sur le seuil pour faire entrer Yvette. Elle avait tiré ses cheveux en arrière, dévoilant ses joues rondes. Son ventre proéminent était bien visible, prêt à donner vie à un frère ou une sœur pour le petit garçon qui tenait actuellement la jambe d'Yvette.

— Comment ça s'est passé ? demanda Tammy.

Contrairement à son mari, elle n'avait pas eu une seule remarque négative quand Yvette avait annoncé que lui et les autres hommes en ville seraient mobilisés. Pour le moment, ils pouvaient rester chez eux, mais ils devraient bientôt commencer leur entraînement.

— Très mal. Jacobs a vomi sur mes bottes, ne put-elle s'empêcher de dire en grimaçant.

— Beurk, dit Tammy en grimaçant à son tour. Cet homme a l'estomac fragile. Je n'évoquerai pas ce qu'il a fait au repas de Noël une année. Est-ce qu'il était habillé au moins ?

— Oui.

Heureusement d'ailleurs, car il paraissait assez amaigri. Il avait dû passer de quatre-vingt-dix kilos à soixante-dix, peut-être moins.

— Je suppose qu'il a dit non.

Tammy s'écarta pour laisser entrer Yvette.

— Il était même assez catégorique oui. Et l'ayant vu en personne, je dois avouer que je suis d'accord. Il n'est pas apte au service.

— Il est dans un sale état, acquiesça Tammy. C'est comme ça depuis qu'il est arrivé en ville. Mais on ne sait jamais. Il pourra peut-être reprendre sa vie en main.

Mais le constat d'Yvette était assez sombre.

— Nous n'avons pas le temps d'attendre.

CHAPITRE TROIS

Eli attendit un peu après le départ du SUV avant de se relever et de marcher d'un pas chancelant vers sa porte d'entrée. Elle n'était pas fermée car cela faisait bien longtemps qu'il avait perdu la clé.

La femme, dont il ne connaissait même pas le prénom, l'avait laissé se vautrer dans sa misère, ce qu'il appréciait. Il s'était royalement ridiculisé en vomissant sur elle – il était vraiment une épave. C'était d'autant plus humiliant qu'elle était très jolie. Plus jeune que lui, elle s'était tenue droite et fière, le regard vif, ses cheveux noirs étaient tirés en arrière et ses lèvres – même lorsqu'elles étaient pincées en signe de désapprobation – étaient bien charnues. Quant à son odeur...

C'était incroyable à quel point celle-ci l'avait frappé de plein fouet, lui donnant envie de plus que de tout oublier.

Quand elle lui avait dit qu'elle avait besoin de lui, il avait failli répondre « *Oui* ».

Il avait eu envie de relever le défi.

Puis la réalité le frappa alors qu'il commençait à dessoûler. Elle ne voulait pas d'un raté. D'un has-been. Le violon triste se remit à jouer.

Au moins, il avait réussi à la convaincre de s'en aller. Comment avait-elle pu imaginer qu'*il* puisse aider. Même s'il se demandait quelle catastrophe pouvait exiger des mesures aussi désespérées.

En entrant dans son mobile home, minable et usé, mais impeccable et sur le point d'être encore plus propre si cela lui permettait de se laver de ses péchés, il observa son frigo. Une bouteille de vodka à la pomme de terre – faite maison – était au frais.

Boire un verre lui paraissait idéal là, tout de suite. Il enleva ses bottes pleines de boue et s'avança vers le frigo avec ses chaussettes trouées. Il l'ouvrit et y trouva une bouteille. Ou plutôt un bocal – qu'il avait fait fermenter selon les instructions sur Internet. C'était la dernière bouteille qui brûlait l'estomac qui lui restait.

Avec un peu de chance, ce serait la meilleure.

Il s'assit avec devant la télévision. Elle ne captait qu'une seule chaîne pixélisée, qui diffusait actuellement un sitcom avec trop de rires forcés en arrière-fond. Quel genre de danger pousserait quelqu'un à venir le chercher ? Il prit une gorgée. Celle-ci le brûla, comme du carburant de fusée qui descendait dans la gorge.

Il se remémora quelques bribes de conversation qu'il avait entendues dans la cabane de McPherson.

— *... une sorte de Diable va venir nous envahir.*

— *Non, ce sont les génies qui sont après nous imbécile. Ils vont transformer nos maisons en lampes et nous obliger à les servir.*

— *Vous avez tous les deux tort. Ce sont des extra-terrestres.*

Des conversations d'ivrognes qui étaient très éloignées de la réalité. Pourtant, il y avait toujours une part de vérité dans les rumeurs. Il prit une autre gorgée. Puis une autre. Assez pour qu'il s'effondre sur son canapé miteux.

Il se mit à rêver.

Il se tenait dans le désert et il y avait du sable tout autour. Le ciel était brumeux et il y avait une drôle d'odeur dans l'air. Une puanteur qu'il reconnut comme étant celle de la mort.

Comme pour se moquer de lui, une plume brûlée tournoya en descendant vers le sol. Il s'agenouilla près d'elle et soudain, tout un tas de plumes le recouvrit, l'écrasant. Il s'inclina sous leur poids et c'est là que les murmures retentirent.

— *Tu m'as tué, Cap.*

— *Pourquoi tu ne m'as pas sauvé ? hurla un autre.*

— *C'est toi qui aurais dû mourir. Pas nous, siffla quelqu'un.*

Puis, il entendit une nouvelle voix.

— *Ce n'était pas de sa faute. Il a fait tout ce qu'il pouvait.*

— *Pas assez !*

— *Il ne faisait que suivre les ordres.*

— *Nous sommes morts.*

— *Il serait mort à votre place s'il avait pu.*

C'était la vérité.

— *Il mérite de souffrir.*

— *Et s'il se rachète ?* demanda la seule voix amicale du groupe.

— *Il échouera.*

— *Des gens mourront.*

La voix de la raison rétorqua :

— *Bien plus mourront s'il n'agit pas. Le monde a besoin d'un héros...*

Eli se réveilla en sursaut, trempé à cause du bocal qu'il s'était renversé dessus. Il avait également mal partout car le canapé était avant tout une causeuse qui avait été aplatie par l'usure.

Il tomba en essayant de se redresser. Il gémit alors que tout tournait autour de lui. Son estomac se contracta, mais il n'avait plus rien à vomir. Mais le bas de son corps, si.

Il tua ses toilettes. Littéralement. Il ferma la porte et hésita à ne plus jamais les utiliser. En allant dans sa chambre, les deux miroirs qui se trouvaient au-dessus de la commode affaissée à laquelle il manquait deux tiroirs ne furent pas tendres. Il y vit le reflet d'un pauvre type. Un homme hagard et sous-alimenté. Les yeux injectés de sang. La peau grasse. Et ses cheveux... dégoûtants. Et dire que c'était ainsi que la femme qu'il avait rencontrée hier l'avait vu. Au moins, ils s'étaient retrouvés dehors et elle n'avait pas pu sentir son odeur.

Il était prêt à parier qu'elle avait regretté d'être allée le chercher. Ils devaient être sacrément désespérés pour le solliciter.

Moi, faire la différence ? Ridicule. Mais apparemment, tout le monde ne pensait pas comme lui. En milieu de matinée, alors qu'il avait des haut-le-cœur en nettoyant ses toilettes qu'il avait assassinées, Boris et les gars vinrent toquer à sa porte.

Ah, putain, non. Il avait toujours la gueule de bois et même s'il s'était douché, la puanteur aigre de l'échec flottait toujours dans l'air, tel un miasme.

Cependant, un métamorphe ne pouvait pas se cacher d'un autre métamorphe. Ils se sentaient toujours les uns les autres.

— Ouvre la porte, Eli, ordonna Reid en frappant la porte.

— Allez-vous-en. Je crois que je suis malade, dit-il en faisant semblant de tousser.

— La colonelle est partie, si c'est ça qui t'inquiète.

Une colonelle ? Ils avaient envoyé quelqu'un de gradé pour aller le chercher ? C'était presque intrigant.

— Ça ne peut pas attendre ? geignit-il, se haïssant encore plus.

— Oh et puis merde.

Boris donna un coup de pied dans la porte et décida d'entrer.

— Elle n'était pas fermée ! cria Eli.

—Ma façon de faire était plus amusante, s'agaça Boris.

— Allez-vous-en, grogna Eli.

— Non.

Boris croisa les bras et s'écarta pour laisser passer Reid, suivi de Brody. Il y avait trop d'hommes costauds et de personnalités fortes dans son espace personnel.

Ça l'étouffait.

Le plus drôle, c'est qu'il fut un temps où Eli était bien plus gradé qu'eux.

— T'as pas bonne mine, Eli, dit Reid en démarrant la conversation.

— J'ai eu une nuit difficile, admit-il.

Toutes ses nuits l'étaient.

— J'ai entendu dire que tu avais eu de la visite hier.

Comme si l'on pouvait espérer avoir un peu d'intimité dans une ville de métamorphes.

— Oui. Mais vous avez dit qu'elle était partie, c'est ça ? demanda-t-il avec espoir.

Il n'avait pas envie de voir son air désapprobateur à la lumière du jour.

— Ouais. Elle est partie. Et tu aurais dû la suivre.

Il pinça les lèvres.

— Je ne suis pas apte au service.

— Tu pourrais l'être si tu devenais sobre, grommela Boris.

— Elle trouvera quelqu'un d'autre.

— Où est-ce que tu crois qu'elle va trouver un autre aigle avec ton niveau d'expérience ? dit Brody en secouant la tête. Tu crois vraiment qu'elle est venue jusqu'ici parce qu'elle avait le choix ?

— Elle aurait pu appeler.

— C'est ce qu'elle a fait, déclara simplement Reid. Même si t'es trop saoul pour te souvenir que je te l'ai dit.

— Est-ce que tu lui as dit que ce n'était pas la peine ?

— Oui et pourtant elle est venue quand même. Pourquoi à ton avis ? demanda Reid.

— Ce n'est pas de ma faute si elle a voulu perdre son temps, marmonna Eli.

— Elle n'aurait pas perdu son temps si tu arrêtais de te morfondre, souligna Boris.

Eli ne pouvait pas vraiment s'en prendre à Boris en lui disant qu'il ne comprenait pas ce qu'il vivait, car si, il savait très bien ce que c'était. Lui-même combattait ses propres démons du syndrome post-traumatique.

— Je ne suis pas l'homme qu'il lui faut.

— Tu pourrais si tu essayais, rétorqua Reid.

— Et si je n'en ai pas envie ? Vous ne voyez pas que je rends service au monde ? Personne n'a envie qu'un ivrogne has-been ne fasse foirer une mission.

Eli ne prenait pas de gants.

Et Boris non plus.

Ce dernier frappa Eli du poing, le heurtant comme un rocher et lui tordant le nez.

— Si ma femme et mon enfant meurent parce que tu t'es comporté comme un lâche...

La menace planait dans l'air et Reid ne fit rien pour l'arrêter. Le visage de l'alpha fut glacial lorsqu'il dit :

— L'homme que j'ai connu...

— N'existe plus depuis bien longtemps, le coupa Eli en tordant les lèvres.

— Tu te trompes, dit doucement Brody. Il est encore là. Tu as juste besoin de te convaincre que tu es toujours à la hauteur.

— Mais ce n'est pas le cas.

— Tu crois que c'est le cas pour nous ? répondit Reid en éclatant de rire. Nous avons tous souffert, Eli. Nous avons tous fait des erreurs.

— Nous avons tous vécu des cauchemars et craint la vie, ajouta Boris.

— Mais la différence entre toi et nous, c'est que nous n'avons pas abandonné, conclut Brody.

— Tu comptes vraiment laisser tomber ton ancien escadron ? Laisser quelqu'un qui ne les connaît pas piloter leur mission ?

— Quoi ? dit-il en relevant la tête. De quoi vous parlez ? Je croyais que la plupart d'entre eux avaient démissionné.

De façon honorable, pas comme lui.

— J'ai entendu dire que certains ont été rappelés au service actif et d'après ce que j'ai compris, ils sont à nouveau prêts à voler.

— Tous ?

— Sauf Loomis et Walker. Apparemment, Loomis va devenir papa d'ici quelques jours et Walker a une aile cassée.

— Je suis sûr qu'ils ont quelqu'un d'autre qui peut les diriger.

— Ben bien sûr, se moqua Boris. C'est pour ça que la colonelle a pris l'avion et a fait tout ce chemin pour venir te recruter car on sait tous que les bons soldats il y en a à gogo, hein.

Eli lui jeta un regard noir.

— Ce n'est pas de ma faute si elle a perdu son temps.

— Il n'est encore trop tard pour faire le bon choix, lui suggéra Reid.

Quitter Kodiak Point pour affronter le monde extérieur ? L'idée le fit trembler des mains et il les cacha dans son dos.

— Elle est déjà partie.

— Mais son avion ne décolle pas avant un moment. Tu pourrais arriver là-bas à temps, dit Brody.

— Et si je merde à nouveau ?

C'était sa plus grande peur.

— Et si justement tu faisais la différence entre le succès et l'échec ? répondit Reid.

Il lui fallut la majeure partie de la journée pour se décider, mais en fin d'après-midi, les mains tremblantes parce qu'il n'avait pas encore bu, il chargea son pickup et fut prêt à se lancer.

Et c'est là que Gene vint enfin le voir. Il observa son vieux véhicule.

— Tu ferais mieux d'y aller en volant.

— Et débarquer tout nu à l'aéroport ?

— C'est ça ton excuse ? Parce qu'on sait tous les deux comment voyager avec une sacoche en cas de besoin.

— Elle a dit que l'avion ne partait pas avant quelques jours. J'ai le temps.

— Le temps de quoi ? De te dissuader d'y aller ?

En vérité, il avait besoin de temps pour dessoûler. Eli ne put conduire que deux heures d'affilée avant que les tremblements ne le submergent.

Il passa la nuit à grelotter dans son camion, regrettant de ne pas avoir pris de la gnôle avec lui. Ou quoi que ce soit d'alcoolisé. Il fouilla tous les coins et recoins de son véhicule, à la recherche de quelque chose, même la fin d'un joint. Il préféra oublier le fait que le morceau noir et dur qu'il avait trouvé et avait mâchouillé n'était pas un morceau de haschich comme il l'avait espéré, mais un caillou. Par chance, il ne s'était pas cassé une dent.

Il passa la nuit et une bonne partie de la matinée à frissonner, écoutant toutes ces voix qui essayaient de le convaincre d'abandonner.

Et s'il n'en avait pas envie ?

Il avait cru que le fait de s'en foutre l'aurait aidé à soulager cette douleur en lui. Mais il semblait que ça n'avait fait que l'empirer.

Avant l'incident, Eli voulait toujours aider, servir son pays, se sentir digne et méritant. Il avait tout abandonné et le monde ne s'était pas amélioré pour autant. Il détestait celui qu'il était devenu.

Peut-être pouvait-il encore faire quelque chose de noble.

Partir avec gloire. Trouver la rédemption.

Il roula hors de sa voiture et trouva une flaque d'eau glaciale.

Il se rinça le visage et passa ses doigts mouillés dans ses cheveux. Il était temps d'y aller. Il remplit son réservoir avec un bidon à l'arrière avant de repartir.

Deux heures plus tard, son putain de pick-up tomba en panne.

Sérieusement ? Il sortit, donna un coup de poing dans la carrosserie et grommela en commençant à marcher, tout en sachant qu'il était borné et qu'il ne faisait que retarder l'inévitable. Et comme si le karma avait quelque chose contre lui, il croisa un ours polaire avec une attitude bien pire que celle de Gene et perdit sa sacoche.

À ce moment-là, il comprit qu'il n'avait pas le choix. Il allait devoir voler.

Il essaya d'empaqueter ses vêtements pour les porter dans son bec.

Devinez ce qui arriva ?

Il les perdit.

C'est pourquoi il atterrit à l'hôtel, complètement nu.

CHAPITRE QUATRE

À trois heures du matin, on toqua à la porte. Yvette grogna et roula sur le côté, l'ignorant. C'était probablement un homme ivre.

Toc. Toc. Elle entendit ensuite un grognement sourd et elle ouvrit les yeux.

— Vous voulez bien m'ouvrir putain ? C'est Eli.

Le capitaine ! Ici ? Elle sortit du lit, portant un pyjama en polaire. Bien chaud, car à son âge, tout ce qui comptait c'était le confort. Quant au pistolet dans sa main ? C'était pour ne jamais être une victime.

Elle le cacha derrière elle en ouvrant la porte et tressaillit devant le capitaine nu qui se tenait dehors, les mains devant son engin. Il n'était pas aussi flasque que prévu, mais ses côtes apparentes indiquaient clairement qu'il avait besoin de se nourrir.

— C'est quoi ce putain de bordel ? bafouilla-t-elle.

Les gros mots jaillirent, ce qui n'était pas dans son habitude. Ce n'était pas qu'elle ne pouvait pas jurer. Elle avait côtoyé des militaires pendant près de vingt ans, mais elle avait *choisi* de ne pas jurer pour qu'on la prenne au sérieux. En tant que femme dans un univers majoritairement dominé par des hommes, elle avait besoin que les autres la respectent.

— J'ai eu un problème de moteur en venant ici, expliqua Jacobs. J'ai dû voler le reste du chemin.

— Et vous n'avez pas pu vous arrêter quelque part pour trouver des vêtements avant de venir ici ?

— On peut en parler à l'intérieur ? Il fait un peu frais dehors.

Certaines femmes auraient hésité à inviter un inconnu totalement nu dans leur chambre. Mais ces femmes-là ne dormaient probablement pas avec un couteau attaché à leur jambe ou ne savaient pas comment charger une arme les yeux bandés.

Une humaine – dont les gènes métamorphes étaient inactifs – devait être capable de se protéger dans un monde cryptique qui était parfois la destination finale. Quand son Papa s'était rendu compte qu'elle ne pouvait pas se transformer, il s'était assuré qu'elle apprenne à se défendre, même si elle avait des frères qui auraient été prêts à tuer ceux qui osaient lui faire du mal. Cela lui avait sauvé la vie et sa vertu, plus d'une fois. À l'armée, ceux qui avaient cru pouvoir la dominer avaient vite appris – et au prix du sang – que non, c'était non.

Eli entra, nerveux et tendu. Il dégageait également une odeur aigre. Bien que hagard, il paraissait sobre et elle en déduit qu'il était en train de dessoûler. Intéressant. La vraie question, c'était de savoir si cela allait durer.

Au lieu de parler, il se rendit immédiatement à la salle de bains. Il ferma la porte et un « *clic* » suivit alors qu'il la verrouillait et mettait la douche en marche.

Un bâillement lui fit craquer la mâchoire et elle regarda son lit, puis la porte de la salle de bains. Elle avait probablement encore quelques minutes devant elle. Calant le pistolet sous son oreiller, elle se blottit à nouveau sous les couvertures et s'endormit. Quand il sortit enfin dans un nuage de vapeur, elle ouvrit instantanément les yeux, en alerte. Une autre compétence qu'elle avait acquise à un jeune âge dans un foyer où trois grands frères, un père et des oncles aimaient lui faire des farces. Pas à sa mère en revanche. Sinon, elle les aurait pendus, saignés et rôtis pour leur dîner s'ils avaient osé essayer.

Le capitaine, bien plus propre, se tint gêné devant elle et dit enfin :

— Désolé de vous avoir réveillée. Je ne savais pas où aller.

Elle pinça les lèvres.

— C'est pas grave.

Elle l'observa attentivement. La douche avait fait disparaître la puanteur, mais il était toujours aussi négligé avec ses cheveux trop longs et une barbe qui rappelait celle des hommes des montagnes.

Il allait attirer l'attention. Il fallait qu'elle fasse quelque chose pour son apparence.

Il était un peu plus de cinq heures du matin. Leur vol décollait à sept heures. Elle avait prévu de se rendre à l'aéroport pour six heures quarante-cinq. Avec elle, les règles habituelles d'embarquement ne s'appliquaient pas. Elle avait un laissez-passer spécial qui lui permettait d'entrer dans n'importe quel aéroport sans passer par la sécurité. Ils mettraient environ trente minutes pour s'y rendre. Ce qui voulait dire qu'ils allaient devoir partir d'ici une heure et quart. Cela ne lui laissait pas beaucoup de temps dans une ville qu'elle ne connaissait pas bien.

— Donc, hum, je n'ai aucun habit de rechange.

Sa façon de parler très raide correspondait à sa posture alors qu'il se tenait là, ne portant qu'une serviette autour de la taille, qu'il tenait fermement.

— Vous pourriez m'en emprunter, dit-elle d'un ton dubitatif. Je ne sais même pas s'ils vous iraient. Vous êtes grand. Mon pantalon aura probablement l'air d'un pantacourt sur vous. Et je doute que mes chaussures vous aillent, dit-elle en observant ses pieds immenses avec de longs orteils.

— Il est trop tôt pour faire du shopping, dit-il en réfléchissant à voix haute. Et il fait déjà trop jour dehors pour chercher un balcon avec une baie vitrée ouverte pour y voler des vêtements à ma taille.

— Nous n'avons pas de temps à perdre pour ce genre de choses. Je suppose que votre alpha a des contacts en ville.

— Probablement.

Elle était déjà en train de composer le numéro de Reid, sans s'inquiéter de le réveiller.

L'alpha de Kodiak Point répondit d'une voix endormie :

— Qu'est-ce qu'Eli a fait encore ?

— Il est ici. Nu. Pas de carte d'identité. Pas de pantalon. Rien. Et nous partons dans une heure.

— Je m'en occupe.

Reid raccrocha et elle ne put qu'espérer que cet homme soit compétent. Elle ne supporterait pas de devoir retarder leur vol. Elle était déjà partie depuis trop longtemps. Et tout ça pour quoi ? Un type qui avait l'air d'avoir besoin de vacances avec trois repas par jour à disposition.

Une fois le problème des vêtements et des pièces d'identité réglé, elle se tourna vers le capitaine et pinça les lèvres.

— Vous avez besoin d'une coupe.

Il passa la main dans ses cheveux.

— C'est vrai que ça fait longtemps.

— Ah ouais, vous croyez ? répondit-elle d'un air sarcastique.

Les ciseaux de son kit de couture ne feraient pas l'affaire. Elle appela la réception, demandant des ciseaux et un paquet de rasoirs jetables – car un seul ne suffirait pas.

Lorsqu'elle raccrocha, il se mit à flipper.

— Il est hors de question que vous me coupiez les cheveux.

— Vous préférez le faire vous-même ? Ou vous allez me dire que ça vous plaît d'avoir l'air d'un type qui s'est fait élever par les loups.

Il crispa la mâchoire.

— Je préfèrerais voir un vrai barbier.

— On n'a pas le temps pour ça puisque vous avez tardé à venir ici.

Il prit un air parfaitement incrédule.

— Ma voiture est tombée en panne. Puis un ours m'a

attaqué et m'a piqué mes affaires. Et le froid a gelé mes plumes, m'empêchant de voler correctement.

— Vous avez encore d'autres excuses, Capitaine ? lui demanda-t-elle en s'avançant vers la porte alors que quelqu'un toquait.

Un employé de l'hôtel se tenait là avec les affaires qu'elle avait demandées et elle lui glissa un billet de vingt dollars. Un bon pourboire et hop, les gens faisaient toujours en sorte d'aider rapidement.

— On est obligés de faire ça maintenant ? demanda-t-il en regardant les outils avec inquiétude.

— Vous êtes de retour dans les rangs, Capitaine. Selon le règlement, vos cheveux sont trop longs.

Puis elle eut pitié de lui.

— Ne vous inquiétez pas comme ça. Je sais couper les cheveux. Avant j'aidais toujours ma mère à couper ceux de mes frères.

— Vous avez combien de frères ?

— Trois.

— Merde.

Elle ne put s'empêcher de sourire en ajoutant d'un air malicieux :

— Devinez ce qu'ils feraient s'ils savaient que vous vous étiez pointé nu dans ma chambre ?

— Ils me tueraient ? dit-il avec tellement d'espoir qu'elle eut envie de le gifler.

Cet homme avait vraiment besoin de retrouver ses couilles.

— Ou vous auraient obligé à m'épouser. Apparemment, je deviens trop vieille.

— Vous avez quoi, vingt ans et quelques ?

Elle cligna des yeux.

— Euh, non, trente-neuf.

— Oh. Vous paraissez plus jeune.

Aucune femme n'aurait pu s'empêcher de rougir et d'être flattée, d'autant plus qu'Eli pencha la tête sur le côté en l'observant.

— Asseyez-vous pour que je puisse les peigner, ordonna-t-elle, agitant le peigne fin qu'ils avaient envoyé avec le matériel.

— Est-ce qu'on peut faire plus court sur les côtés et un peu plus long sur le dessus ?

— Peut-être. Ça dépend si vous êtes sage. Ça va prendre quelques minutes. Si vous commencez à vous agiter, je vais chercher un bol, le menaça-t-elle.

Il tordit les lèvres.

— Oui, madame.

Il s'assit d'un air guindé, les jambes droites, les mains sur les genoux, rigide comme pas possible. Et encore plus lorsqu'elle se glissa sur le lit derrière lui. La chambre avait deux lits doubles, une commode et plus aucune place pour quoi que ce soit d'autre. Même assis, il était trop grand pour qu'elle puisse se tenir debout et l'atteindre correctement.

Alors qu'elle lui coupait les cheveux, ses mèches tombant de partout – ce qui voulait dire qu'elle allait devoir payer des frais de ménage – elle ne put s'empêcher de lui poser des questions.

— Qu'est-ce qui vous a fait changer d'avis ?

Car il avait été catégorique sur le fait qu'il ne viendrait pas.

— Je pourrais vous donner tout un tas de raisons.

Mais j'aurais l'air de quelqu'un qui cherche à regagner son honneur, alors qu'en vérité... c'est que j'ai peur.

— De la mission ?

— Non. D'agir tout court. Et si je fais la différence ? Et si j'empire les choses ?

Clac. Clac.

— Vous n'inspirez pas confiance, Capitaine.

Il grimaça.

— Il va falloir que je travaille mon discours alors.

— Pour qui ?

— Mon escadron.

— Votre escadron ? dit-elle en s'arrêtant de couper. Je suis désolée, mais vous faites erreur. Vous n'allez pas reprendre le commandement de votre vol groupé.

— Mais vous avez dit que j'étais rappelé au service actif.

— Oui, mais avec une position différente.

— Différente, c'est-à-dire ? demanda-t-il en tournant la tête pour la regarder. Qu'est-ce que vous attendez de moi ?

Elle lui remit la tête droite et continua de lui couper les cheveux.

— D'être l'Aigle de Fer des cieux. J'ai entendu parler de vos exploits.

Même s'ils avaient fréquenté les mêmes cercles, ils ne s'étaient jamais croisés.

— Vous avez été recruté car vous pouvez voler. Vous savez déjà comment suivre une formation en vol. La question est de savoir si vous pouvez suivre les directives.

— Ouais, je peux recevoir des ordres, dit-il d'un ton rigide. Qui avez-vous choisi comme chef d'escadron ?

Parmi l'ancien équipage, si je devais choisir, je dirais Curry. Il est capitaine maintenant, il paraît.

— Non, lâcha-t-elle en relevant le menton. La personne en charge de l'escadron cryptavien – le nom fantaisiste qu'ils avaient attribué à leur groupe spécial de pilotes – c'est moi.

CHAPITRE CINQ

Quand la colonelle annonça que ce serait elle qui serait à la tête des opérations, Eli ne put s'empêcher de bafouiller :

— N'importe quoi.

— Je vous assure que c'est vrai.

— Je n'y crois pas, dit-il en secouant la tête.

— Pourquoi mentirais-je ? Et d'ailleurs si vous ne pouvez pas le supporter, ça ne sert à rien de continuer. Partez et rentrez chez vous.

Les cheveux à moitié coupés il se leva quand même et se tourna pour regarder Yvette. Elle était toujours cent pour cent humaine. La nuit où ils s'étaient rencontrés pour la première fois, il avait hésité, ses sens étant perturbés par l'alcool, mais là, en étant si proche d'elle, il n'y avait aucun doute.

— Et comment pouvez-vous être chef d'escadron exactement si vous n'avez pas d'ailes pour voler ?

— Qui a dit que je n'en avais pas ? dit-elle en levant un sourcil.

Pendant un moment, il eut des doutes sur son analyse et l'observa à nouveau. Une femme, bien faite et en forme. Il sentait plusieurs odeurs qui émanaient d'elle : le savon de l'hôtel, le musc de sa féminité, et un certain quelque chose qui lui donnait envie de frotter sa tête contre elle... mais pas de senteur animale. Pas de poils, de plumes, d'écailles ou de peau de cuir. Sûr de lui, il lâcha :

— Vous ne pouvez pas vous transformer.

— Vous avez raison. Je ne peux pas. Je suis une métamorphe passive.

Ce qui voulait dire que l'un de ses parents était un métamorphe, mais qu'elle ne pouvait pas se transformer. Cela arrivait parfois, notamment avec les mariages mixtes avec des humains.

— Vous êtes pilote ? demanda-t-il, essayant toujours de comprendre comment elle pouvait mener un escadron volant.

— Plutôt comme un jockey. J'ai une monture pour aller dans les cieux.

Ses lèvres s'étirèrent en un sourire.

— Vous aurez besoin d'un aigle pour vous porter.

Ça lui était déjà arrivé quelques fois dans sa carrière. On lui avait demandé de transporter des gens. Pas souvent cependant, car c'était dangereux pour tout le monde. Vous n'avez qu'à demander à ce général qui avait accidentellement atterri dans cette porcherie durant une mission d'entraînement.

— Ne soyez pas idiot. Comment voulez-vous que je combatte en me balançant au bout des serres de quelqu'un ? ricana-t-elle.

— Alors comment ? Avec un jet pack ?

Il ne put s'empêcher d'être exaspéré par cette conversation qui durait trop longtemps.

— Vous verrez.

Il n'en était pas si sûr. Car il regrettait presque de l'avoir rejointe. Il était venu car il pensait qu'ils avaient besoin de lui pour diriger. Mais s'attendre à ce qu'il soit un soldat qui reçoive des ordres...

Soudain, il eut une prise de conscience. *C'est parfait.* La pression qu'il avait sur les épaules disparut. Il n'avait qu'à faire ce qu'on lui demandait. Se porter volontaire pour les missions les plus dangereuses. Ne pas être celui qui était responsable de la vie des autres.

Un objectif, sans avoir le même genre de responsabilités. Tout ce qu'il avait à faire, c'était d'accepter d'obéir à une humaine.

Il secoua la tête.

— Je ne comprends pas bien comment cela peut fonctionner. Si nous arrivons à bien travailler en équipe, c'est parce que nous suivons le leader du vol. Nous sommes en phase avec eux.

— Peut-être qu'avant de dénigrer mes méthodes, vous feriez mieux de les voir en action.

Il se tut. Elle n'avait pas tort.

Elle agita les ciseaux.

— Asseyez-vous. Il faut qu'on termine le travail.

Elle tournoya les ciseaux, coupant sans s'arrêter, même sa barbe, ce qui voulait dire qu'elle entrait dans son jardin secret. Il ne put s'empêcher de respirer son odeur. Pourquoi était-elle si forte ? Et pourquoi l'affectait-elle autant ? Depuis combien de temps n'avait-il pas été si proche d'une femme en étant sobre ? Tout en étant conscient et en sentant sa chair palpiter. Ses mains posées sur ses genoux cachaient son érection.

Quand quelqu'un frappa à la porte, elle lui fit signe de partir en lui donnant un dernier coup de rasoir.

— Allez prendre une douche rapide pendant que je m'occupe de ça.

Il courut jusqu'à la salle de bains, oubliant presque de fermer la porte à clé avant de prendre une douche froide. Ce ne serait pas correct de se branler en pensant à elle, pas avec elle dans la pièce d'à côté. Cela lui paraissait irrespectueux. Alors il se tint sous le jet glacial qui lui faisait claquer des dents jusqu'à ce que son sexe soit tellement ratatiné qu'il aurait fallu une vague de chaleur pour faire sortir ses couilles.

Dès l'instant où il coupa l'eau, elle toqua à la porte.

— Vos vêtements. Sont sur le sol, derrière la porte. Accélérez le mouvement. Vous avez moins de cinq minutes pour prendre votre petit-déjeuner.

De la nourriture ?

Oh que oui ! Il sautilla presque en enfilant les vêtements qu'il avait tirés de sous la porte. Il y avait même une brosse à dents et une carte d'identité créée à la hâte, encore chaude après être passée sous la machine qui avait gravé le plastique – c'était là tout l'intérêt de connaître d'anciens militaires qui avaient des contacts.

En parlant de ça, il remarqua que la colonelle voyageait en tenue civile. C'était assez inhabituel étant donné qu'ils bénéficiaient des meilleurs avantages lorsqu'ils étaient en uniforme. Mais là encore, les divisions de métamorphes étaient du genre discret. Il émergea de la salle de bains et tomba sur la colonelle qui tenait un sac de fast-food dans une main, levant l'autre en l'air pour regarder sa montre.

— Prêt avec deux minutes d'avance. Excellent. Apportez les valises s'il vous plaît. Notre taxi est là.

Il aurait pu s'énerver contre elle. Comment osait-elle lui donner des ordres ?

Elle était plus gradée que lui. Il avait intérêt à s'en souvenir.

— Oui, madame.

L'expression de son visage ne changea pas, et pourtant, il aurait juré qu'elle venait de lui faire passer une sorte de test.

Ils quittèrent l'hôtel. D'après l'odeur, leur chauffeur de taxi était un métamorphe – un bison probablement. Son parfum lui rappelait celui d'une bonne côte de bœuf. Ce ne fut que lorsqu'ils roulèrent en direction du tarmac et non pas vers le terminal qu'Eli commença à avoir des questions.

— Est-ce qu'on monte à bord d'un jet privé ?
— Oui.

Mais ce qu'elle ne précisa pas, c'était qu'il s'agissait de la version la moins luxueuse qui soit.

L'appareil était un avion de ligne qui avait été converti en jet pour transporter des passagers et son siège était du genre à se replier et nécessitait que son passager soit attaché par un harnais. L'isolation de l'avion les protégea à peine du froid au moment du décollage.

Il grimaça.

— Vous voyagez toujours en cargo ?

Assises à côté de lui, elle parut amusée alors qu'elle lui répondait :

— Arrêtez, ce n'est pas si terrible. Je me suis assurée que quelqu'un nous amène le déjeuner et un encas.

— De la nourriture ?

Ce petit-déjeuner avait à peine rempli le creux dans son estomac.

— Voyons voir ce qu'ils ont emballé.

Elle se leva et s'avança vers une glacière dont la poignée était attachée par des sangles. Elle la récupéra pendant qu'il enlevait son harnais et se levait.

Finalement, ce type de voyage lui convenait mieux. Il pouvait se déplacer sans que les autres passagers ou les hôtesses de l'air ne viennent lui causer d'ennuis. En faisant un rapide va-et-vient dans l'allée, il constata que les cargaisons prenaient tout l'espace – la plupart étant des conteneurs fermés hermétiquement. Tout à l'avant, à côté du cockpit, se trouvait les toilettes, de ce côté-là tout allait bien. À l'arrière, accrochés à des cintres, pendaient des parachutes – pas très rassurant.

Quand il se revint au centre, il trouva de la nourriture qui avait été disposée. Des fruits. Des sandwichs. Des briques de jus de fruits. Ce qui pouvait paraître enfantin, mais ils étaient pratiques sur le terrain.

— Vous avez faim ?

Pas la peine de mentir quand son estomac gargouillait.

— Ça ne me dérangerait pas de prendre une bouchée ou deux.

C'était comme si elle avait su qu'il en aurait besoin. Elle avait commandé plus de nourriture qu'il n'en fallait pour le rassasier avant sa sieste et quelques heures plus tard, quand il se réveilla, il était à nouveau affamé. Le fait de manger l'aidait à soulager le tremblement de ses mains. Cela faisait longtemps qu'il n'avait pas été aussi sobre.

Alors qu'il se demandait combien de temps cela durerait, elle lui dit :

— Vous êtes prêt à rencontrer le reste de l'escadron Cryptavien ?

— On arrive bientôt ?

Il n'avait pas entendu un changement de rythme dans le moteur qui aurait pu les informer qu'ils ralentissaient pour descendre.

— Ouaip.

Elle se leva et s'avança vers l'arrière de l'appareil. Il ne se demanda pas ce qu'elle faisait, jusqu'à ce que tout l'air contenu dans l'avion se fasse aspirer alors que le joint de pressurisation de l'appareil était rompu.

Elle avait ouvert la porte ! Il se mit rapidement en mouvement et la vit debout, près de la trappe de secours qui avait été ouverte.

— Qu'est-ce que vous faites ?! hurla-t-il par-dessus le bourdonnement du moteur et l'aspiration de l'air.

Elle se tourna vers lui, portant des lunettes de protection et affichant un sourire qui ne présageait rien de bon.

— C'est là qu'on descend.

Puis, cette folle de colonelle sauta – sans son parachute !

CHAPITRE SIX

Comment la colonelle avait-elle pu oublier son parachute ? Eli paniqua alors qu'elle plongeait. Il fallait qu'il l'aide, mais s'il se transformait, il atterrirait nu – encore une fois.

Il jeta un coup d'œil aux parachutes. Il en enfila rapidement un sur son épaule, comme un sac à dos, et en attrapa un deuxième avant de plonger vers elle.

Elle avait déjà un peu d'avance. Il la voyait, une tache au loin sur le point de rejoindre des nuages tentaculaires. Ce qui lui fit prendre conscience que la résistance du parachute ne lui servirait à rien. Il ne parviendrait jamais à la rattraper avec un parachute encombrant.

Il se déshabilla si vite qu'il oublia d'enlever une chaussette. Quand il se transforma, celle-ci resta accrochée à l'une de ses serres. Au moins, ce n'était pas aussi émasculant que les slips moulants. On se moquait encore du pauvre Thomas à ce sujet.

Battant des ailes, Eli plongea vers l'endroit où il avait vu la colonelle pour la dernière fois, pénétrant la couche de nuages qui masquait le sol en dessous. Cela ne servait à rien de l'appeler, elle ne l'entendrait jamais. Il heurta le cumulus humide et duveteux et ses sens furent étouffés. Il ne voyait plus rien. Le son était étouffé. Les nuages en mouvement lui jouaient des tours, lui faisant croire qu'il n'était pas seul. Des formes qui bougeaient et disparaissaient dès qu'il les regardait.

Il inclina sa trajectoire, aussi rapidement que ses ailes le lui permettaient, ce qui était un peu plus rapide qu'un corps qui chute. Tout en haut, quelque chose de sombre apparut quand les nuages se dissipèrent une seconde. Il vola dans cette direction, mais émergea des nuages humides avant d'atteindre ce qu'il avait vu.

Ce qui, en fin de compte, n'était rien, puisqu'il aperçut soudain la colonelle, bien plus loin que prévu, les bras et les jambes écartées comme une étoile de mer, à seulement quelques battements d'ailes de lui…

Quelque chose avec des sabots, qui galopait, la crinière flottant au vent avec des ailes – des ailes immenses putain – passa sous la colonelle et la réceptionna !

Une situation qui lui paraissait si impossible qu'il ferma les yeux et secoua la tête.

Non, je ne viens pas de voir un cheval volant, c'est absurde.

Quand il regarda à nouveau, la colonelle et cette chose qui n'aurait pas dû exister avaient disparu. Mais plus bas, sur le sol, il perçut une forme familière. Un camp de tentes militaires – qui était clairement leur destination. La colonelle ayant été enlevée, il valait mieux qu'il s'y rende et le signale. Mais il avait un problème.

Soit il atterrissait sous sa forme d'aigle au milieu d'un camp d'inconnus, soit il débarquait complètement nu. Certes, les métamorphes avaient peu de scrupules quant à la nudité, mais ce n'était pas pour autant qu'il avait envie de rencontrer ces personnes pour la première fois avec sa bite qui se balançait entre ses jambes.

Merde. Il valait peut-être mieux qu'il parte à la recherche de la colonelle à la place.

Il serait peut-être reparti dans ces nuages s'il n'avait pas entendu un sifflement familier dans le ciel.

Son ancien premier lieutenant – désormais capitaine – Curry, donna le signal de départ et passa devant lui quelques instants plus tard. Ses plumes étaient un peu plus grises qu'auparavant, mais comme cela faisait du bien de revoir son vieil ami !

Alors que Curry se dirigeait vers le sol, Eli partit atterrir, se demandant ce qu'il allait dire aux gars quand ils lui demanderaient ce qui était arrivé à la colonelle. Il valait peut-être mieux qu'il aille tout de suite à l'infirmerie, car il était impossible qu'il ait réellement vu un cheval volant avec des ailes. Le Pégase du mythe n'était pas réel.

Non.

Impossible.

Dès l'instant où il se posa, des soldats en uniformes bruns sortirent en courant d'une tente, l'un d'eux tenant une pile de vêtements.

— Capitaine !

La personne - un aviateur de première classe d'après son insigne, Tucker d'après son badge - plaqua les vêtements sur sa poitrine et le salua.

Il n'avait pas d'autre choix que de se transformer. Les

épaules droites, Eli le salua à son tour, ignorant le fait qu'il était nu. Cela l'aida de voir que Curry était à proximité, recevant le même traitement.

Alors qu'Eli attrapait le pantalon et la chemise, il salua son vieux copain de vol.

— Curry, c'est bon de te voir.

— Et toi, Capitaine. T'as l'air un peu maigre. Ils ne vous nourrissent pas en Alaska ? le taquina Curry.

Au lieu de répondre en admettant qu'il n'était qu'un raté, il lui signala :

— Un esprit malfaisant semble avoir enlevé la colonelle. Nous devons envoyer une force de frappe pour la récupérer.

— Oh, un esprit malfaisant. Ça paraît terriblement démoniaque. Il était gros ? Avec des crocs ? Avec de très grosses griffes ? demanda une femme en sortant de l'une des tentes.

Elle portait un uniforme blanc et non brun et ses cheveux étaient courts et argentés. Alors qu'elle s'approchait, il ne put s'empêcher de remarquer qu'elle sentait extrêmement bizarre.

— Ce n'est pas une blague. La colonelle a besoin de notre aide, dit Eli avec moins de conviction que tout à l'heure, remarquant que personne ne semblait alarmé.

La femme agita la main.

— Elle va bien.

— Comment le savez-vous ?

— Parce que ce n'était pas un esprit malfaisant dans le ciel.

Une autre voix féminine retentit derrière Eli.

— S'il pense que cette adorable créature a l'air malfaisante, je me demande ce qu'il se dira en nous voyant.

— Qu'est-ce que vous êtes exactement ? demanda-t-il en passant son regard de l'une à l'autre.

— Devine, le nargua celle qui portait un pantalon de combat.

La femme aux cheveux courts secoua la tête.

— Arrête Babs, tu vois bien à sa tête qu'il n'en a aucune idée.

— Il est donc le dindon de la farce. Et d'après les lois du traité du Conseil, j'ai le droit de le manger, déclara celle qui s'appelait Babs.

— Le dindon ?

Il bomba le torse pour la corriger.

— Je suis un aigle.

— Tu es sûr ? Je croyais qu'ils étaient plus intelligents que ça. Traiter ce poney tout mignon d'esprit malfaisant.

— Vous voulez dire que je n'ai pas rêvé ?

Il fut presque soulagé de réaliser qu'il ne souffrait pas de défaillance mentale.

— Non. Jaimie est bien réelle. Et si ça peut te consoler, je n'avais encore jamais vu de cheval volant avant d'arriver ici, répondit la femme aux cheveux courts.

— Je parie qu'ils ont très bon goût, marmonna l'autre.

Il l'ignora et demanda :

— Où sommes-nous ?

Malgré ce qu'il avait vu depuis le ciel, une fois au sol, il était évident que ce campement n'avait rien à voir avec les camps militaires qu'il avait pu connaître. Les uniformes étaient hétéroclites. Les femmes qui discutaient avec lui ne portaient pas de grade, pourtant elles paraissaient autoritaires.

— Bienvenue dans la zone 69, déclara Babs avec un clin d'œil coquin.

Il fronça les sourcils.

— Il n'y a pas de zone 69.

— Tu as sûrement dû entendre parler des rumeurs.

— Eh bien, oui, j'en ai entendu parler. Tout le monde sait qu'elle n'existe pas vraiment.

Ils en parlaient en plaisantant autour d'une bière. La zone 69 – en général on en parlait en pouffant de rire et avec un regard lubrique – était supposée être la version métamorphe de la zone 51[1].

— Surprise ! Elle est réelle ! s'exclama Babs.

— Sérieusement ? Vous voulez dire que tout le monde ici est un métamorphe ?

C'était tout nouveau pour lui. Auparavant, leurs supérieurs avaient fusionné l'escadron et lui avec un autre groupe militaire humain et leur demandaient seulement de se transformer durant les missions où personne ne pouvait les voir.

— Majoritairement, oui. Nous avons quelques personnes qui sont à peu près ordinaires, mais nous les tolérons parce que notre roi nous interdit de tuer les humains pour le plaisir, expliqua la femme aux cheveux courts avec un long soupir.

— Et on ne peut pas les manger, même ceux qui sont idiots, dit Babs qui semblait contrariée.

Alors que lui de son côté, essayait encore de les identifier. Elles lui rappelaient un reptile qu'il avait un jour connu, Caleb quelque chose, un crocodile originaire du sud. Mais ces dames avaient quelque chose de plus... exotique.

— Je suis le Capitaine Jacobs. Et vous êtes ? annonça-t-il pour débuter les présentations.

— Adi Silvergrace. Et ma cousine Babette, avec qui tu as déjà fait connaissance.

— Je préfère Babs, sinon tu peux m'appeler badass ! dit-elle en penchant la tête sur le côté.

— Silvergrace, dit-il à voix haute. Ça me dit quelque chose.

Curry toussa à côté de lui.

— Hum, tu n'as pas regardé les infos récemment ou quoi ?

Même s'il savait qu'on le regarderait de travers, Eli préféra être honnête.

— Je ne regarde pas beaucoup la télévision.

Il ne précisa pas que, quelques jours plus tôt, il ne se souvenait même pas de son propre prénom, tellement il était saoul. Justement, en parlant de ça, il avait vraiment envie de se mettre quelque chose de brûlant dans l'estomac.

Adi le regarda de haut en bas.

— Difficile de croire que tu es le grand Aigle de Fer dont nous avons tous entendu parler. Tu es terriblement maigre, dit-elle en fronçant le nez.

— Et en plus, tu es un mec, ce qui est dommage, ajouta Babs.

Mais Adi n'avait pas fini.

— Ça fait combien de temps que tu n'as pas volé ? Tu paraissais un peu tremblotant dans les airs.

Une fois de plus, pas besoin de préciser qu'il était toujours en train de dessoûler.

— J'ai rencontré un courant d'air difficile.

— Ah. Disons plutôt que tu n'es pas en forme et que tu manques d'entraînement. Heureusement qu'on est là pour tout rattraper, rétorqua Adi.

— Ne t'inquiète pas l'homme poulet, on te gardera en sécurité, dit Babs qui, bien que plus petite qu'Eli, lui tapota quand même le bras.

Face à tant d'émasculation, sa virilité pourrait ne jamais s'en remettre.

— Qui commande ici ?

— Moi, dirent toutes les deux Adi et Babs.

— Vous êtes plus gradées que la colonelle ? demanda-t-il d'un air dubitatif.

— Nous sommes plus gradées que n'importe quel métamorphe ici, déclara Adi en levant le menton.

— Et je suis même supérieure à elle puisque je n'ai jamais épousé un homme d'un rang inférieur au mien, expliqua Babs en poussant à nouveau ses cheveux derrière ses épaules.

Adi fronça les sourcils.

— Dex n'est pas en dessous de moi. Sauf quand on couche ensemble.

Eli cligna des yeux.

Puis faillit s'étouffer quand Babs rétorqua :

— Tu ferais mieux de le sucer un peu plus souvent pour qu'on ne soit pas obligés de t'entendre. Ça te tuerait d'être moins bruyante ?

— Ne sois pas jalouse juste parce que je m'envoie en l'air. Tous. Les. Soirs.

— Grosse vache !

— Grosse dinde !

Leurs insultes furent suivies d'une lueur soudaine alors que les deux femmes se transformaient pour finalement dévoiler leur autre forme.

Eli resta bouche bée devant les énormes bêtes ailées qui apparurent. *Des dragons !*

---

1. Base militaire secrète du Nevada aux États-Unis.

CHAPITRE SEPT

Le capitaine était encore en train de ramasser sa mâchoire quand Yvette atterrit, sa monture trottant gracieusement avant de s'arrêter. Elle glissa du dos de la jument ailée qu'elle montait toujours durant ses missions. Jaimie, qui était sa meilleure amie depuis le collège, ne savait pas combattre, en revanche, elle savait voler. Yvette était le cerveau des opérations et un renfort en plus étant donné qu'elle avait toujours une arme sur elle. À l'époque, elle n'avait pas souvent été sur le terrain. Les gens avaient tendance à remarquer les femmes qui chevauchaient un destrier volant en étant armées jusqu'aux dents. Même si ces derniers temps, tout ce qui était étrange devenait de plus en plus normal.

Mais il était quand même préférable de ne pas bouleverser les humains en en faisant trop d'un coup. C'était pour cela qu'elle travaillait dans une branche de l'armée que le gouvernement ne connaissait même pas et qui était gérée par le Conseil des Métamorphes qui les protégeait tous.

Alors qu'elle s'approchait du capitaine, il reprit ses esprits, avant de les perdre à nouveau et de bafouiller :

— Tu pilotes Pégase.

Son amie tapa du sabot et hennit.

Yvette pinça les lèvres.

— Elle s'appelle Jaimie. Ou bien si tu préfères le grade, Lieutenant Jameson.

La mère de Jaimie l'avait nommée ainsi bien avant de rencontrer l'époux numéro deux qui avait adopté la petite fille, abandonnée par son père.

— Un métamorphe cheval. J'y crois pas.

— Dit l'aigle qui vit dans une ville avec des ours, des loups, des lynx, des tigres, des élans, des caribous, des renards...

Elle énuméra les espèces, mais cela n'atténua en rien son air perplexe.

— Putain.

Il tourna la tête vers les dragonnes qui s'étaient élancées vers le ciel. Elles s'agrippaient et tournoyaient. Agiles et magnifiques. Leur grâce, alors qu'elles utilisaient les courants d'air à leur avantage, était absolument stupéfiante.

— Sublimes, murmura-t-il.

Ce qui lui valut une tape. Pas de la part d'Yvette. En se retournant, il vit un type plutôt costaud qui s'énerva contre lui :

— Arrête de mater ma femme comme ça.

— Votre femme ? marmonna Eli.

Yvette se retint de sourire.

— Capitaine Jacobs, je vous présente Dex, le mari d'Adi Silvergrace.

Elle jeta un coup d'œil vers le ciel où les formes sinueuses s'affrontaient toujours de façon ludique.

Le capitaine n'avait toujours pas repris ses esprits quand il dit :

— Vous avez épousé un putain de dragon ?

— Ouaip et j'aime pas quand d'autres types la reluquent.

Dex croisa les bras, ses biceps étaient impressionnants – même si le capitaine ne recula pas devant sa menace.

Cependant, il savait quand s'excuser.

— Pardon. Je n'ai pas l'habitude de voir des dragons, c'est tout.

— Hum, lui répondit Dex, agacé. C'est toi le fameux aigle.

Le capitaine se crispa.

— Ouais.

— Tu pêches ? demanda Dex.

Une question assez étrange.

— Hum, oui.

— Pêche à la ligne ou avec tes serres ?

— Plutôt avec mes serres, dit Eli.

— Cool. La prochaine fois que tu pars pêcher, ramène-moi quelque chose de frais et je le cuisinerai.

Sur ce, Dex s'en alla, laissant derrière lui un capitaine interloqué.

Jacobs cligna des yeux.

— Qu'est-ce qu'il vient de se passer là ?

— Je crois que vous venez d'organiser un dîner.

— Mais pourquoi ?

— Peut-être parce que malgré votre personnalité rayonnante il vous a apprécié.

Il grimaça.

— Je ne suis pas ici pour me faire des amis.

— Évidemment, sinon vous ne seriez pas en train d'essayer de contrarier le mari d'une dragonne.

Il jeta un coup d'œil par-dessus son épaule.

— Mon Dieu.

— J'imagine que c'est la première fois que vous voyez des dragons ?

— Ouais.

— Alors, récapitulons rapidement. Les dragons existent. Ils sont arrogants comme jamais, mais doués lors d'un combat. Apparemment, au lieu de continuer à se cacher, ils ont décidé d'apporter leur aide.

Il siffla.

— C'est pas putain d'étrange ? Des dragons qui travaillent pour l'armée ?

— Ils ne travaillent pas vraiment pour nous. Ils ont tendance à faire ce qui leur chante.

Elle soupira, car elle ne savait pas comment faire fonctionner tout ça dans le temps imparti.

Il passa la main dans ses cheveux fraîchement tondus.

— Y a-t-il d'autres choses que je devrais savoir à part les dragons et les chevaux volants ?

— Vous avez entendu parler des génies ?

— Vaguement.

—Vous n'avez pas suivi les infos ?

— Non.

— Eh bien, vous feriez mieux, parce que les génies

existent et ce ne sont pas les génies bleus et gentils que l'on voit dans les films. Ils sont violents et essaient d'ouvrir une sorte de portail vers une autre dimension pour que le papa de tous les génies vienne diriger le monde.

Eli mit quelques secondes à digérer ce qu'elle venait de lui expliquer.

— Je vois.

— Oh, et les Cavaliers de l'Apocalypse ont ressuscité, sauf qu'il s'avère qu'ils sont des sortes de dragons disparus depuis longtemps qui sont censés aider à combattre les génies.

Le pauvre capitaine encaissa le tout et dit :

— Je suis saoul ou quoi ?

Bizarrement, elle sourit.

— Je sais qu'on dirait un trip hallucinogène, mais je vous assure que, même si c'est la version abrégée, tout ça est vrai.

— J'imagine que c'est pour ça qu'on m'a demandé de reprendre du service ?

— Oui. Nous avons besoin de tout le monde pour le prochain combat.

— Si c'est le cas alors pourquoi ici ? dit-il en écartant les mains. Ne devrions-nous pas plutôt nous préparer avec les armées humaines ?

—Vous croyez vraiment qu'ils sont prêts à s'entraîner avec des cryptiques ?

Il grimaça.

— J'imagine que non. J'espérais que les choses avaient changé. De mon temps, les compétences de mon escadron étaient gardées secrètes. On sautait avec des parachutes pour garder notre couverture et on ne changeait pas de forme avant que l'avion ne soit hors de portée.

— Malgré ce à quoi le monde a été exposé, nous resterons subtiles quant à la plupart de nos actions. Pas besoin de créer la panique dans une société qui est déjà à cran.

— Si les humains ont déjà accepté l'existence des dragons et des cavaliers de l'apocalypse, je ne vois pas ce qui pourrait les faire paniquer.

— Alors c'est que vous êtes un peu naïf sur les bords. Il y a beaucoup d'agitation et de bruits qui courent concernant ce qui est en train de se passer. Ce qui veut dire que nous devons accomplir notre mission aussi subtilement que possible pour empêcher les humains de paniquer.

— Les humains ? dit-il en la regardant. Vous n'en faites pas partie ?

Elle leva le menton. Ce n'était pas la première fois que quelqu'un remettait en question son allégeance.

— Je suis peut-être une métamorphe passive, mais le gène est bien là.

— Et ça suffit pour que vous puissiez diriger des métamorphes et des dragons ? Quelle est votre expérience des missions de terrain ?

— Officiellement ? Je n'en ai pas beaucoup. D'après l'armée humaine, je suis un gratte-papier.

— Mais ? insista-t-il.

— Vous avez déjà entendu parler des Phantoms ?

Il leva les sourcils.

— L'unité paramilitaire secrète ? Ils existent aussi ?

— Ouaip.

— Merde, lâcha-t-il, désormais impressionné. D'après

ce qu'on dit, une fois que tu as vu leurs visages, tu es déjà mort.

— Ce n'est pas totalement vrai, mais les gens sont tenus au secret pour que nous puissions faire notre travail.

Leur travail consistait à garder les métamorphes en sécurité, par tous les moyens possibles. Il y avait quelques cryptiques hauts placés dans le gouvernement qui savaient comment trafiquer la paperasse. Pour l'entraînement, ils avaient la zone 69 à disposition, une base non officielle gérée par le gouvernement avec tous les droits et privilèges des militaires. Ce qui signifiait qu'ils pouvaient aller n'importe où pour obtenir toutes les ressources nécessaires.

— Comment est votre taux d'accidents pour les missions ? demanda-t-il d'un air désinvolte alors qu'elle percevait la tension en lui.

— Bon, compte tenu des opérations que nous entreprenons.

Il grimaça.

— Ce n'est pas rassurant.

— Vous êtes le mieux placé pour savoir que servir son pays implique parfois de voir mourir de bonnes personnes.

— Ce n'est pas parce que je le sais que je dois aimer ça. Et je ne veux plus jamais que cela se reproduise sous mon commandement.

Il faisait référence à l'incident qui l'avait brisé. C'était justement grâce à ses compétences que c'était la première fois que des soldats mouraient au cours de sa longue carrière. Et en même temps, il était surprenant qu'un homme qui avait exercé si longtemps dans l'armée prenne si mal ces quelques décès.

Ou peut-être qu'elle était seulement moins fragile. Comme lui, elle avait vu des gens mourir ou être gravement blessés. Chaque incident laissait une marque, mais la différence, c'était qu'elle ne les avait jamais laissés la briser.

— Et c'est pour ça que c'est moi qui dirige les vols. Parce que je ferai tout ce qu'il faut pour protéger les cryptiques.

— Tout ? Ça me paraît plutôt large. Est-ce que c'est votre façon de dire que vous n'avez aucune morale ?

Ses suppositions la mirent en colère.

— Je vous interdis de m'accuser de ne pas avoir de cœur. C'est justement parce que j'en ai un que je fais tout ce que je peux tout en sachant que tout ne se passera pas comme prévu. Parfois, ça merde. Mais si le monde était parfait, il n'aurait pas besoin de soldats pour le protéger.

—Vous devriez envisager de travailler pour le bureau de recrutement. Vous avez un discours très convaincant.

— Ce n'est pas un discours. C'est mon mantra. C'est comme ça que je veux vivre ma vie. Vous devriez essayer d'en trouver un qui n'implique pas d'être égoïste.

Sur ce, elle s'éloigna mais n'alla pas bien loin avant que Jaimie, habillée de la tête aux pieds et marchant à l'aide de ses deux jambes, ne la rattrape.

— Wow, c'était quoi ça ? Ça commençait à devenir chaud là avec le nouveau.

— Ce *nouveau*, c'est l'insupportable Aigle de Fer.
— Sérieux ?

Jaimie jeta un coup d'œil par-dessus son épaule.

— Malheureusement, gronda Yvette, se demandant si elle n'aurait pas dû le laisser là où elle l'avait trouvé.

Il n'allait jamais accepter de recevoir des ordres de sa part.

Ça ne fonctionnerait pas.

— Il est célibataire ? demanda Jaimie.

L'idée même stoppa Yvette dans son élan. Elle pivota vers Jaimie.

— T'es pas sérieuse, là.

— Il est mignon.

— C'est un ivrogne.

— Il me paraissait assez sobre moi, même si ça ne lui ferait pas de mal de bronzer un peu et de manger quelques cheeseburgers avec des frites. J'irai peut-être lui cuisiner quelque chose.

— Non, dit-elle sèchement.

— Tu as raison. De qui je me moque ? Je ne sais même pas cuisiner. Je commanderai quelque chose.

— Jaimie, tu veux bien arrêter ? Je ne crois pas qu'il va rester.

— Pourquoi ?

— Parce que j'ai besoin de quelqu'un qui puisse m'obéir sans poser de questions.

— Dans le ciel oui. Mais au lit, moi je dis qu'il vaut mieux le laisser prendre les commandes.

Les paroles de Jaimie ne firent que lui donner encore plus chaud.

— Ça ne m'intéresse pas de coucher avec lui et toi non plus.

— Ne sois pas si sûre. Il est sexy.

— Vous êtes des espèces opposées.

— Et alors ? Je n'ai pas l'intention de faire des bébés avec lui.

Le sourire lascif de Jaimie irrita Yvette.

— On est trop vieilles pour faire des bébés de toute façon, marmonna-t-elle.

Durant sa vingtaine, elle avait repoussé cette idée pour se concentrer sur sa carrière. Puis elle avait eu trente ans et ça ne s'était jamais concrétisé, notamment parce qu'elle n'était pas tombée amoureuse. Et à presque quarante ans, il était temps d'admettre qu'elle avait attendu trop longtemps.

— Bah, avec la médecine d'aujourd'hui, on vivra jusqu'à cent ans – ça laisse largement le temps de faire un enfant ou deux. Comme je n'ai pas le droit de toucher au capitaine, je devrais peut-être apprendre à connaître ce lieutenant sexy. Il a un accent qui me donne envie de hennir, dit Jaimie en tapant ses talons sur le sol.

— Peut-on éviter de séduire un membre du vol tout court ? soupira Yvette. Ce n'est pas le moment de se laisser distraire. Nous n'aurons peut-être pas beaucoup de temps pour remettre cette équipe sur pied.

— Pas besoin de paniquer. Pour le moment, les aigles sont de bon co-équipiers. Un peu rouillés pour certains mouvements étant donné qu'on en a rappelés certains qui étaient à la retraite, mais avec un peu d'entraînement ça ira mieux.

— Et les dragons ? demanda Yvette, presque avec crainte. Elle était partie peu de temps après que les deux dragons argentés soient arrivés et les aient rejoints – et pas parce qu'on leur avait demandé.

Babs et Adi avaient débarqué en informant seulement Yvette que : « Elspeth nous a dit de venir t'aider ». Elles n'ont jamais précisé pourquoi les ordres d'Elspeth avaient une telle influence. Elles n'écoutaient également pas ce qu'on leur demandait et faisaient ce qui leur chantait. Mais comme elles étaient des dragonnes, personne n'osait leur dire quoi que ce soit.

Et demain, Yvette allait devoir les faire voler pour la première fois.

Argh.

— Ah, avant que j'oublie, ta mère a appelé, déclara Jaimie.

Elle soupira à nouveau.

— Qu'est-ce qu'elle veut encore ?

— Elle a dit quelque chose à propos de tes ovaires, que c'était du gâchis et que tu aurais probablement trouvé un homme si tu avais appris à cuisiner.

Elle grimaça.

— Plus je me rapproche des quarante ans, moins elle est subtile.

Jaimie ricana.

— Depuis quand ta mère est subtile ?

— Je ne comprends pas, elle a déjà plusieurs petits enfants. Enfin je veux dire, Phil a quatre enfants !

— Quatre garçons, souligna Jaimie.

— Et ensuite, Owen a mis sa petite amie enceinte et maintenant ils ont des jumeaux.

— Des garçons aussi. Et vu que leurs mères avaient encore leurs mères, elle n'a pas eu droit à la salle d'accouchement.

— Même si je tombe enceinte, personne ne verra ma

foufoune s'étirer pour laisser sortir un ballon de football. Parce qu'il n'y aura pas de pastèque junior, hors de question, dit-elle d'un air renfrogné.

— Est-ce que je pourrais écouter quand tu diras ça à ta mère ? J'ai juste besoin que tu me préviennes trois minutes à l'avance, le temps de faire du pop-corn.

Yvette lui jeta un regard noir.

— T'es pas drôle.

— Ça dépend pour qui, rétorqua Jaimie en souriant.

— Ha. Ha.

Elle laissa son amie pour entrer dans sa tente. Elle n'était pas obligée de la partager avec qui que ce soit et celle-ci se trouvait près de la salle de bains aménagée avec des douches de campagne qui utilisaient l'eau du puits. Les toilettes se déversaient dans une fosse septique. Tout était caché et à l'abri des regards s'ils devaient soudainement plier bagage et se rendre au prochain emplacement aléatoire de la zone 69 – ils en avaient plusieurs.

Une fois dans sa tente, Yvette répondit à ses courriers et à quelques emails. Elle passa plusieurs appels et regarda ensuite les informations.

Les reportages semblaient sortir tout droit d'un film de Ridley Scott. De la fumée qui avait pris la forme d'une marionnette se déchaînait dans une petite ville d'Italie. Un dragon bleu avait été repéré en Arctique via des images satellites, reconstruisant une banquise tout en créant une citadelle de glace – équipée de canons et d'armes laser. Puis il y avait eu cette histoire troublante de lutins qui enlevaient les chats domestiques des habitants en ne laissant derrière eux que leurs colliers.

Trop de phénomènes étranges que l'on ne pouvait

ignorer, notamment avec les preuves vidéo qui s'accumulaient.

La seule chose que personne ne semblait avoir vue après une bataille épique qui impliquait des génies et des dragons sur le toit était les cavaliers de l'apocalypse. Ils semblaient avoir disparu.

Était-ce une bonne ou une mauvaise chose ?

Mais ce n'était pas l'objectif de sa mission. Tout ce qu'ils lui avaient dit, c'était qu'elle devait récupérer quelque chose d'important. Tous les détails de sa mission étaient encore en suspens. Mais ce qu'elle savait, c'était qu'elle allait avoir besoin d'une équipe capable de voler.

Vers l'heure du dîner, elle rejoignit tout le monde sous la tente qui faisait office de cantine. Le capitaine était assis dans l'angle, comme s'il avait envie d'être seul, mais les aigles du camp l'avaient rejoint, tout comme Dex et les dragons.

Tant mieux.

Après manger, Yvette se rendit à la douche puis retourna dans sa tente pour regarder d'anciennes vidéos des aigles en plein vol, dirigés par le capitaine. Ils se déplaçaient vraiment comme une seule unité, leur formation était serrée jusqu'à ce qu'ils se séparent, un mouvement fluide qui permettait à chaque aigle de se retrouver dans la position qui convenait le mieux à ses capacités de vol. Elle reconnut ceux qu'elle avait rencontrés au camp.

Bentley, gracieuse dans chacun de ses gestes.

Thomas, un oiseau épais, doué pour les manœuvres complexes.

Puis, il y avait la vitesse de Curry. Il frappait avant que la plupart ne réagissent.

Mais aucun n'était comparable à son premier aperçu de l'Aigle de Fer lui-même. Elle avait eu la chance de le voir en chevauchant Jaimie, un magnifique aigle chauve [1] dont la taille pouvait être trompeuse sur un écran. L'ayant vu elle-même dans le ciel, son envergure devait être d'au moins trois mètres cinq à quatre mètres. Malgré l'appellation aigle *chauve,* son oiseau n'était rien de tout ça. Ses plumes étaient soyeuses et un peu plus grises que ce qu'elle avait vu sur les vidéos. Il existait peu de vidéos étant donné la nature secrète de l'escadron de L'Aigle de Fer.

C'était vraiment dommage ce qu'il s'était passé durant sa dernière mission. Elle avait lu le rapport des survivants.

Ils avaient tous décrit une mission qui était mal engagée dès le départ. Des informations et consignes qui avaient radicalement changé. Une fuite de données qui avait mené à une embuscade. L'Aigle de Fer avait tout fait pour les sortir de là. Il avait pris trois balles, dont une qui lui avait endommagé l'aile. Il était tombé au sol et avait dû faire un long chemin jusqu'au camp.

Tout le monde pensait qu'il était mort. À l'époque, le capitaine l'avait lui aussi espéré.

Avait-il toujours envie de mourir ?

Ils allaient bientôt le savoir. Demain, ce serait leur premier vol en tant qu'escadron. Ils seraient neuf en tout : Curry, Bentley, Thomas, le capitaine, Adi, Babette, Lavoie et Jameson – aka Jaimie – avec Yvette en tant que leader.

Quatre aigles, deux dragons, un faucon et un cheval avec une humaine.

Des personnalités et styles différents avec peu de temps pour apprendre à s'entendre. Ce ne serait pas la première fois qu'elle serait confrontée à des obstacles. Elle avait passé sa vie à se battre pour prouver qu'elle était aussi forte que sa famille et qu'elle avait sa place ici. Non pas parce que ses frères ou ses parents ou même les autres membres de sa famille la faisaient se sentir inférieure. C'était elle qui était déterminée à prouver aux autres que la métamorphose n'était pas ce qui faisait d'une personne quelqu'un de spécial. Comme son père disait toujours : « Tout est question d'instinct et de courage, mon Ivy[2]. » C'était le surnom qu'il lui donnait. Il lui manquait. L'avoir au téléphone n'était pas aussi bien que de lui parler en personne ou de travailler avec lui sur son dernier projet dans le garage.

Après cette mission, elle rentrerait à la maison pour lui rendre visite. Deux mois, c'était bien trop long pour se passer de la cuisine de sa mère et de leurs disputes concernant son activité sexuelle, car cette dernière lui disait sans cesse qu'elle devait avoir des toiles d'araignées dans la chatte à force d'être inactive.

Elle partit se coucher, imaginant ce qu'elle pourrait dire à sa mère pour la rendre folle. Elle se réveilla de bonne humeur.

Elle émergea de sa tente et vit que le ciel était parfait. La température était idéale. Elle mangea son porridge à la cantine avec du sucre brun, des raisins et une pointe de cannelle.

Rien n'atténua sa bonne humeur, jusqu'à ce qu'elle jette un coup d'œil au capitaine sur la piste. Ses yeux étaient injectés de sang. Il avait l'air hagard. Ce putain de connard avait dû faire une rechute.

— Capitaine Jacobs, s'énerva-t-elle, il faut qu'on parle.

---

1. Aigle à tête blanche en français
2. Prénom d'origine anglais qui fait écho à la fidélité, la loyauté

CHAPITRE HUIT

Eli sut qu'il avait des ennuis dès l'instant où la colonelle posa les yeux sur lui. Apparemment, les gouttes de solutions salines qu'il avait empruntées à Thomas – le fumeur d'herbe bien connu de l'escadron dont les yeux étaient perpétuellement secs – n'avaient pas permis de dissimuler les rougeurs de sa sclérotique.

— Vous avez la gueule de bois, l'accusa la colonelle.
— Non.
— Vous avez pris de la drogue, siffla-t-elle.

Il secoua la tête. Elle était loin de se douter qu'en fumant un joint, il aurait été plus minable qu'un tas de merde écrasé par un tracteur.

— Ne me mentez pas.

En l'espace de quelques secondes, elle avait sorti un flingue qu'elle pointait désormais sur sa tête.

— Ce n'est pas en me tirant dessus que ma réponse sera différente.

— Vous avez les yeux injectés de sang.

Elle souligna l'évidence.

Il haussa les épaules.

— C'est parce que je n'ai pas dormi. C'est le fait d'être dans un nouvel endroit, tout ça.

— Vous plaisantez, j'espère ? Un soldat apprend très tôt à dormir où et quand il le peut.

— Avant je pouvais, mais désormais je suis plus vieux, mon corps est capricieux.

— Vous auriez dû demander un somnifère à l'infirmière alors, grommela-t-elle en rangeant son arme.

Il secoua la tête.

— Je ne préfère pas prendre de médicaments.

Les somnifères étaient un vrai terrain glissant.

Elle pinça les lèvres.

— Vous avez besoin de sommeil. Bon sang. Ça va nous faire perdre une journée.

— Je peux voler, insista-t-il.

Ce ne serait pas la première fois qu'il volerait après une insomnie.

— Non, pas en étant exténué. Je n'ai pas envie que vous traîniez votre cul fatigué et mettiez en danger *mon* escadron. Considérez-vous comme puni.

Il grimaça en se rappelant qu'il n'était pas aux commandes. Mais ce qui lui faisait le plus mal, c'était qu'elle insinue qu'il puisse nuire à ses compagnons de vol.

— Je ne mettrai jamais...

— Je vous interdis de finir votre phrase, parce que je sais très bien de quoi je parle. J'ai lu votre dossier. Ne me dites pas que si l'un des membres de votre escadron avait été inapte vous n'auriez pas fait de même.

Elle avait absolument raison. Il aurait fait la même

chose à sa place, mais cela lui brûlait toujours autant la langue de le dire à voix haute.

— C'est noté.

— Ah bon ? Parce que vous restez planté devant moi au lieu de régler le problème. Allez parler au docteur du camp.

— Oui, colonelle, lâcha-t-il avant de s'éloigner.

Il se sentait humilié, mais en même temps, il l'acceptait car c'était ce que faisait un soldat. Il respectait ses supérieurs. Et les règles. Il espérait juste qu'un cachet n'en entraînerait pas une douzaine d'autres ou pire.

Il entra sous la tente médicale et tomba sur une femme vêtue d'une blouse vert clair. Même si ses cheveux n'étaient pas argentés comme celles qu'il avait rencontrées précédemment, son odeur était assez similaire pour qu'il la sente.

— Une dragonne.

— Bonjour petit oisillon, roucoula-t-elle.

— Euh, pardon ? ne put-il s'empêcher de répondre en clignant des yeux.

Son sourire s'élargit, tel un prédateur évaluant son dîner.

— Non, vous n'êtes pas excusé. Est-ce que vous saluez toujours tout le monde de façon si grossière ?

Il ne s'était jamais posé la question. À force de vivre au milieu de nulle part, il avait dû perdre ses bonnes manières. Il fit un salut militaire, claquant des talons et levant sa main jusqu'à son front.

— Mes excuses, madame.

— Au repos soldat. Oh et si vous m'appelez encore

« madame » je ferai un ragout avec vos os pour le dîner. Je m'appelle Jeebrelle.

— Vous êtes la doctoresse ?

— Seulement temporairement, pendant que le médecin actuel gère un problème personnel. Qui êtes-vous ?

— Je suis le capitaine Eli Jacobs. La colonelle m'envoie pour vous demander si vous auriez quelque chose pour m'aider à dormir. Sauf que le souci, c'est que j'essaie de me débarrasser d'un problème d'addiction et je n'ai pas envie de prendre de médicament.

Il serra les poings en l'avouant à voix haute. Il n'avait pas envie de le faire mais il n'avait pas le choix, pas s'il voulait changer.

Je suis un toxicomane. Il n'était pas possible pour lui de boire seulement une gorgée ou de prendre un seul cachet.

— Hum. Pas de médicament. Ça veut dire que je ne peux rien vous donner qui soit dans mon coffre à potions, dit-elle en réfléchissant à voix haute, caressant le coffre en question.

Le bois était lisse et sombre avec des stries marron foncé là où quelqu'un avait sculpté la surface de manière complexe.

— Est-ce que vous auriez des exercices de respiration à me conseiller peut-être ?

Les psychologues de l'armée avaient essayé quelques techniques sur lui. Aucune d'entre elles n'avait fonctionné. Il avait commencé par compter les moutons, puis s'était mis à plonger vers eux, attrapant leurs corps duveteux avec ses serres et avait fini par les manger. Il se réveillait généralement en hurlant lorsque ce repas exaltant se transformait en viande rance et véreuse.

— Et si au lieu de vous donner des médicaments, on vous entraînait à vous endormir sur commande ? Comme ça.

La doctoresse claqua des doigts.

— Vous allez m'hypnotiser ?

— Pas vraiment.

— Comment alors ? demanda-t-il, curieux et prudent à la fois.

Il y avait quelque chose d'étrange chez cette femme. Et ce n'était pas seulement parce que la brise chatouillait ses cheveux et rien d'autre dans la pièce.

— Dîtes-moi, Capitaine Jacobs, vous croyez en la magie ?

Sa question le fit rigoler.

— Pas quand je suis sobre.

— Alors on va s'amuser.

L'étrange doctoresse se retourna et farfouilla dans un tiroir avant d'en sortir un élastique – du genre épais qui ne se casse pas facilement. Elle le serra dans son poing et le porta à ses lèvres, murmurant quelque chose. Il aurait pu jurer que l'élastique avait brillé d'une lueur verte pendant un instant, c'est pourquoi, lorsqu'elle le lui offrit, il fut hésitant.

— Prenez-le.

— Pourquoi ?

— Parce que vous allez l'enrouler autour de votre poignée et lorsque vous voudrez dormir, vous le ferez claquer en disant « *Bonne nuit* ».

— C'est du français ? demanda-t-il en fronçant le nez. En quoi ça va m'aider à m'endormir ?

— Je vous l'ai dit. C'est de la magie. Et avant de me dire que ça n'existe pas, essayez-le.

— Ça ne marchera pas.

— Alors j'imagine que ça ne vous fera pas de mal d'essayer, dit-elle d'un air amusé.

— Je ne suis pas crédule docteure. La magie n'existe pas et je vais vous le prouver.

Il fit claquer le bracelet.

— *Bonne nuit.*

Il se réveilla, le visage plaqué contre le sol de la tente médicale dans une flaque de bave et un chat blotti contre lui. Le petit animal maigre s'étira et bâilla avant de s'éloigner en sautillant.

Eli s'assit et vit qu'il était seul. La doctoresse était partie. Il émergea en constatant que le soleil était haut dans le ciel et qu'il devait être environ midi et il réalisa qu'il avait dormi longtemps. Plus de trois heures de sommeil non interrompues. Étant donné qu'il se sentait bien, il se présenta à la colonelle après le repas du midi.

— Prêt à servir, colonelle, déclara-t-il après lui avoir fait un salut militaire.

— Nous ne faisons pas ce genre de geste ici, lui dit-elle en agitant la main. Et même si vous avez meilleure mine que ce matin, quelques heures de sommeil ce n'est pas une nuit complète.

— Trois heures c'est toujours mieux que d'habitude pour moi.

Elle pinça les lèvres. Celles-ci exprimant tout son agacement.

— Vous arrivez trop tard. On a fini de voler pour aujourd'hui.

— Mais il est à peine midi, protesta-t-il.

— Il y a un satellite qui surveille actuellement la zone. Même si le camp est caché, un escadron de cryptiques volant en cercle risque d'attirer l'attention.

— Oh. Y a-t-il quelque chose que je peux faire pour me préparer ?

Car, là, tout de suite, il se sentait comme un con. Inapte au service. Il avait abandonné son escadron.

— Eh bien, oui.

Elle l'envoya dans une tente transformée en salle de classe avec Curry qui leur enseignait la formation de vol. L'aigle continua à s'agiter et regarda nerveusement Eli. Probablement parce qu'ils savaient tous les deux qui aurait dû donner le cours.

La dragonne nommée Babs était absente, mais l'ancienne équipe d'Eli était là pour répondre aux questions, principalement celles de Lavoie – le seul faucon du groupe – et le mari d'Adi, Dex. L'homme s'avéra avoir un esprit vif et proposait des idées intéressantes quant à ce qu'ils pourraient faire avec certaines des formations de vol.

Cela conduit Eli à interroger Adi sur ce que les dragons étaient capables de faire.

— Est-ce que vous pouvez souffler du feu ?

— Pas vraiment, répondit Adi en penchant la tête. Mais si tu veux savoir si je suis capable de me défendre, alors oui. Je peux aussi planer, même si ça devient rapidement fatigant sans aucun bon courant d'air.

— J'imagine que vous ne pouvez pas disparaître sous nos yeux ?

Ses connaissances sur son espèce étaient limitées et lui venaient des livres et des films.

Elle secoua la tête. Son mari décida d'intervenir.

— Les dragons sont assez invulnérables. Ils ont une peau plus épaisse que les humains. Ils réagissent extrêmement vite. Ils ont de nombreuses capacités en matière de défense.

— Et ils ont tous des trésors et magots, annonça Thomas.

— C'est vrai, acquiesça Adi. Et ils vous tueront si vous osez y toucher.

Comme c'était gentiment dit.

— Pourquoi êtes-vous là ? demanda Eli. Pourquoi vous montrer maintenant après être restés cachés pendant si longtemps ?

— Parce qu'Elspeth a dit qu'il était temps que nous aidions les autres êtres vivants de ce monde qui étaient bien moins chanceux que nous.

Il ignora son ton arrogant pour lui demander :

— Qui est Elspeth ?

— C'est une dragonne jaune, guillerette et agaçante qui voit le futur. Ça explique pourquoi on la trouvait si bizarre quand on était petits. Sa mère ne nous l'a jamais dit, tu vois ?

Non, Eli ne voyait pas vraiment.

Adi continua.

— C'est une très bonne amie de Babs. Même si Babs le nie. Et quoi qu'il arrive, n'insulte jamais Elspeth devant son mari. C'est un démon.

— Un démon.

Ce n'était même pas une question, il répétait simplement le terme d'un air stupéfait.

— Le dernier de son espèce apparemment. Enfin, plus pour longtemps. Elspeth dit que si ce n'est pas la fin du monde, Luc et elle auront au moins six enfants.

Tout cela était très déroutant. Et d'après le sourire suffisant d'Adi, elle savait que c'était le cas.

Dex soupira.

— Je te jure que tu finis par t'habituer, mec.

Bizarrement, Eli en doutait beaucoup.

— Est-ce que tous les dragons sont aussi honnêtes ?

— Pourquoi mentir ? demanda Adi. Ce n'est pas comme si on avait peur de vous.

— Mais vous avez peur des humains, rétorqua-t-il. Sinon, pourquoi vous être cachés pendant des siècles ?

— Plus maintenant, dit Adi en levant fièrement le menton. Il est temps que nous arrêtions de vivre dans l'ombre et que nous prenions la place qui nous revient dans ce monde.

Dex se racla la gorge.

— Tu parles à nouveau comme le méchant dans les films.

Adi eut un sourire effronté.

— Comment peut-on m'en vouloir ? Ce sont eux qui ont les meilleurs gadgets.

Sur ce, elle s'en alla, accompagnée de son époux et Thomas siffla.

— Si elle n'était pas mariée...

— Elle te mangerait probablement tout cru si tu lui demandais de sortir avec toi, déclara Bentley, se levant de sa chaise et s'étirant jusqu'à ce que ses articulations craquent.

— Quelle sortie ! s'enthousiasma Thomas.

— Ne laisse pas son mari t'entendre, l'avertit Eli.

— Rabat-joie.

Thomas se leva et se frotta le ventre.

— On dirait que c'est l'heure du dîner.

Eli aurait pu s'abstenir, mais son estomac approuva, à sa grande surprise. Effectivement, la nourriture lui donnait envie.

Il partagea un repas avec son ancien escadron, la jument volante et le faucon qui était en fait le descendant du célèbre Faucon Tueur, un sniper pendant la guerre froide dans les années 70. Les dragons ne mangèrent pas à la cantine et la colonelle n'entra que quelques instants, le temps de remplir son assiette et de partir.

Une fois le repas terminé, la conversation se poursuivit et il se détendit, sans dire grand-chose – notamment parce qu'au fond, il n'avait pas l'impression de mériter sa place ici en prenant du bon temps. Pourquoi aurait-il le droit d'être heureux alors qu'il avait laissé tomber trois des siens ? En plus, il sentait que la fatigue commençait à se frayer à nouveau un chemin alors que les bénéfices de sa sieste matinale s'estompaient. Il avait besoin de dormir, mais il craignait que la facilité avec laquelle il avait pu s'endormir plus tôt ne soit en réalité qu'un coup de chance. La docteure lui avait probablement fait ingérer quelque chose ou l'avait hypnotisé.

Eli retourna dans sa tente et regarda le lit de camp avec inquiétude. Ce n'était pas l'inconfort du matelas qu'il craignait.

Et si ça ne marchait pas ?

Il se mit au lit et resta allongé, raide comme un piquet, écoutant les bruits du camp. Son esprit était bien trop alerte. Il promena ses doigts le long de l'élastique que lui avait donné la doctoresse.

De la magie.

Mouais.

Il resta allongé un peu plus longtemps, tendu et incapable de s'endormir. Au pire, ça ne pouvait pas faire de mal. Il fit claquer l'élastique et murmura :

— *Bonne nuit.*

Il se réveilla le lendemain matin à l'aube, la mâchoire crispée, transpirant, le cœur battant la chamade. Il avait l'impression de sortir d'un cauchemar, mais ça ne le dérangeait pas car au moins il dormait à nouveau.

CHAPITRE NEUF

Le lendemain matin, Yvette fut heureuse de constater que le capitaine se présenta avec une bonne mine, les yeux brillants et prêt à travailler – contrairement au reste de l'escadron. La plupart semblaient fatigués, et Thomas alla même jusqu'à bâiller.

— On dirait qu'il y en a un qui a fait la fête trop tard hier soir, le réprimanda Yvette.

Le capitaine Curry secoua la tête.

— Pardon colonelle. J'ai eu une nuit difficile.

— C'est pareil pour vous tous ? rétorqua Yvette.

Seuls les dragons et Jacobs paraissaient reposés. Même Jaimie avait une sale mine.

— Ne vous inquiétez pas colonelle. On peut voler.

Malgré les affirmations de Curry, l'exercice se passa assez mal pour la plupart d'entre eux. Elle dut y mettre fin plus tôt que prévu et leur fit un sermon sur le fait d'aller se coucher tôt et de garder leurs distances avec tout ce qui pourrait nuire à leur performance.

— Oui, colonelle, répondirent-ils tous.

Le jour suivant, ce fut une équipe aux cernes encore plus marquées et qui traînait des pieds qui l'attendait lorsqu'elle entra dans la cantine. Elle fit signe à Jaimie, qui paraissait exténuée, de la rejoindre. Son amie la suivit dehors où Yvette siffla :

— Qu'est-ce qu'il se passe ?

— On ne dort plus, marmonna Jaimie.

— Pourquoi ? Tout allait bien pour vous avant.

— Tu veux dire avant que le capitaine ne commence à faire des terreurs nocturnes.

Yvette cligna des yeux.

— Quel capitaine ?

— À ton avis ? répliqua Jaimie.

— Jacobs ? Je n'ai rien entendu moi.

Mais Yvette avait grandi avec trois frères. Trois frères turbulents, péteurs et bruyants. Elle pouvait dormir dans n'importe quelles conditions si elle le voulait. Seuls son sixième sens pour le danger et l'odeur du bacon pouvaient la tirer de son profond sommeil.

— Comment fais-tu pour ne pas l'entendre ? Ce type hurle sans arrêt pendant des heures.

— Qu'est-ce qu'il hurle ?

— D'après ce qu'on entend, il revit cette mission merdique où il a perdu une partie de son escadron.

— Oh.

Yvette fronça les sourcils puis se demanda si cela n'avait pas un rapport avec l'ordre qu'elle lui avait donné concernant l'aide médicale. Désormais, Eli dormait mais au détriment de tous les autres.

Jaimie se mit à l'implorer.

— Il faut que tu fasses quelque chose, parce que

sinon, je te jure qu'on fera bien plus que de lui fourrer une chaussette dans la bouche.

— Pourquoi moi ?

Jaimie leva les yeux au ciel.

— Parce que tu es la seule à être plus gradée que lui. Tu sais comment ça marche.

— Tu veux que j'ordonne à cet homme de ne plus faire de cauchemars ?

— Oui.

— Il est très peu probable que ça marche.

— Je m'en fiche. Tu es la cheffe d'escadron. Il faut que tu règles ce problème.

— Et comment suis-je censée faire ça ? grogna-t-elle en ordonnant aux oiseaux fatigués de récupérer tout en envoyant les dragons voler avec le capitaine Jacobs, qui semblait bien reposé.

Un homme qui fait des cauchemars devrait forcément montrer quelques signes de stress. Peut-être avait-il juste besoin d'ajuster son traitement ? Mais tout d'abord, Yvette devait s'attaquer au problème avec lui. Elle attendit la fin du dîner quand il se retrouva seul dans sa tente pour ne pas le mettre mal à l'aise devant tout le monde.

— Capitaine, je peux vous parler ? demanda-t-elle de l'autre côté de la tente.

Il écarta soudain le pan du tissu et elle se retrouva nez à nez avec Jacobs.

— Bien sûr. Laissez-moi être présentable et je vous rejoins.

— Pas la peine. J'aimerais juste entrer un moment.

C'était plus une affirmation qu'une question alors

qu'elle s'avançait vers lui et il recula si rapidement qu'elle eut peur qu'il trébuche.

Il avait bien meilleure mine que la première fois qu'ils s'étaient rencontrés. Son visage était clairement délimité maintenant qu'il n'était pas recouvert de poils. Son nez aquilin penchait vers la gauche, il avait probablement été cassé une fois ou deux. Mais le changement le plus significatif de tous était son regard et son visage clairs.

Il était resté sobre. Il dormait. Et à sa grande surprise, il était très à cheval sur les règles. Il claqua les talons et la salua.

— Repos, Capitaine.

Il mit les mains derrière son dos et fixa un point derrière elle.

— Comment puis-je vous aider, colonelle ?

Elle ne se plaignit pas immédiatement. Au lieu de ça, elle lui dit :

— J'ai entendu dire que l'exercice avec les dragons avait mal tourné aujourd'hui.

Une grimace lui tordit les lèvres alors qu'il répondait :

— Ils n'ont pas du tout l'habitude de voler en formation.

— Est-ce parce qu'ils ne comprennent pas ce qu'on attend d'eux ?

— C'est plutôt qu'ils refusent d'obéir à quelqu'un d'autre qu'eux-mêmes.

— Ce qui les rend inutiles.

Elle soupira et massa la zone entre ses sourcils. Comment allait-elle pouvoir faire fonctionner cette équipe ?

— Si je peux me permettre de faire une suggestion, colonelle.

— Allez-y, capitaine.

— Je pense que nous devrions utiliser les dragons différemment.

— C'est-à-dire ?

— Divisez-nous en quatre vols.

— Nous n'avons pas assez d'effectifs.

— Si, si les dragons volent en solo. On les laisse avoir leur propre vol avec la liberté de partir devant en tant qu'éclaireurs.

— Qu'est-ce qui vous fait penser qu'ils nous écouteront ?

— Parce qu'ils feront essentiellement leur propre truc. Ils iront tâter le terrain, si je puis dire, pour les vols qui arriveront de derrière.

— Ils seront seuls.

— Oui, mais j'ai l'impression qu'ils ont l'habitude de combattre de cette manière. Et n'oubliez pas qu'ils sont déjà mortellement dangereux en étant seuls. Il est probablement plus sûr pour les autres membres du vol de garder leurs distances avec eux quand ils combattent.

— Je prends note de vos recommandations.

— Bien sûr. Autre chose Colonelle ?

Il paraissait si propre sur lui. Si respectueux. Pourquoi cela l'irritait-elle ?

— Eh bien, oui. On m'a rapporté que vos cauchemars posaient quelques difficultés aux soldats qui ont le sommeil léger la nuit.

Elle se demanda de quoi il pouvait bien rêver pour être aussi brisé.

— Mes cauchemars ? répéta-t-il, pour finalement pâlir. Je ne savais pas.

— Ce n'est pas de votre faute. J'imagine que c'est à cause de ce que les médecins vous ont donné pour dormir, mais ça pose problème aux autres, donc nous devons trouver une solution.

— J'arrêterai d'utiliser le, hum, l'outil, que m'a donné la doctoresse, murmura-t-il.

L'outil ? Donc elle ne lui avait pas donné de médicament ? C'était probablement intelligent étant donné ses problèmes d'addiction.

— Sauf que si vous arrêtez de l'utiliser, vous ne dormirez pas, ce qui n'est pas non plus la solution. On devrait peut-être parler à la doctoresse et voir s'ils peuvent changer votre traitement.

— Ou bien je pourrais dormir, loin, là où on ne peut pas m'entendre.

— Vous laisser seul sur le terrain ? Non, ça ne me plaît pas. Il doit y avoir un moyen de vous empêcher de faire des cauchemars. Il y a peut-être quelque chose qui les déclenche ? Vous avez dormi sans problème dans l'avion.

Elle se souvenait qu'il s'était assoupi, il avait posé sa tête sur son épaule durant la majeure partie de son sommeil.

— Je. Euh. Je devais être fatigué ? expliqua-t-il.

Ou bien était-ce autre chose ? Comme le fait de ne pas être seul ?

— Avez-vous pensé à avoir un colocataire ?

Il cligna des yeux, perplexe. Ses cils étaient longs et sensuels.

— Non. L'avantage du grade, c'est qu'on n'est pas obligé de partager sa chambre.

— Oui, d'habitude. Cependant, étant donné votre problème unique, il faut que nous trouvions des solutions uniques. Quand nous avons pris l'avion jusqu'ici, vous avez dormi sans faire un bruit, et je me demande si ce n'est pas une histoire de proximité, votre corps reconnaissait inconsciemment qu'il y avait quelqu'un pas loin.

— C'est possible. Je me suis réveillé avec un chat blotti contre moi ce matin, avoua Eli.

— Et personne n'a signalé de hurlements.

Elle tapa dans ses mains.

— C'est réglé alors. On va vous trouver un camarade de chambre.

Il pinça les lèvres.

— Je ne vais pas dormir avec quelqu'un pour tester votre étrange théorie.

— Et si j'ai raison ?

Les fossettes de chaque côté de sa bouche s'accentuèrent.

— Même si c'est le cas, que suggérez-vous ?

— L'un de vos anciens équipiers ?

Il secoua la tête.

— Je n'ai pas envie qu'ils me voient vulnérable.

Elle ne lui fit pas remarquer qu'ils l'avaient entendu tous les soirs.

— Et ce chat ? Vous pensez qu'on peut l'emprunter ?

Il ricana.

— Dit quelqu'un qui n'a visiblement jamais eu affaire à un félin. Ils ont tendance à être assez indépendants.

Elle faillit rire tellement cette affirmation était exacte.

— Il doit bien y avoir quelqu'un avec qui vous seriez prêt à essayer, non ?

Ses épaules s'affaissèrent.

— Ce n'est pas juste pour eux.

Eli et son fichu honneur. Mais elle le comprenait. C'était totalement fou, cependant, elle le proposa quand même.

— Et si vous essayiez avec moi ?

— Vous ?

— Oui. Je veux bien coucher avec vous.

CHAPITRE DIX

Dès l'instant où Yvette prononça ces mots, Eli vit qu'elle le regrettait. Pas l'offre en elle-même, mais la façon dont ça sonnait. C'était coquin.

Elle écarquilla les yeux. Ses lèvres s'écartèrent.

Il ne put s'empêcher d'agir comme un *mec*.

— Vous voulez être au-dessus ou en dessous ?

Elle souffla.

— Je ne voulais pas dire ça comme ça.

— Non, c'est vrai. Et moi non plus.

C'était faux. Il trouvait toujours que la colonelle était sexy. Rien qu'en l'imaginant dormir près de lui, il ressentait des choses qu'il n'était pas censé ressentir, c'est pour cela qu'il devait y mettre un terme. Tout de suite.

— Mais même si vous parlez simplement de dormir, ce ne sera pas perçu comme tel par les autres. Ils vous verront entrer et sortir de ma tente et partiront du principe qu'on baise. Je suis sûr que ce n'est pas ce que vous voulez.

Ses joues prirent une teinte rougeâtre.

— Vous avez raison. Je ne peux pas les laisser se faire de fausses idées. Vous allez devoir inviter quelqu'un d'autre.

— Non.

— J'ai besoin que vous et les autres vous vous reposiez, Capitaine.

— On pourrait essayer de me mettre un bâillon boule.

Il ne plaisantait qu'à moitié.

— Je ne pense pas que quelqu'un ait apporté ses sex toys avec lui au camp.

— Je suis sûr que je peux trouver une solution.

— Je ne vais pas vous laisser vous étouffer, alors que vous êtes sous ma responsabilité, à cause de votre bêtise. Vous ne me laissez pas le choix. Je vous verrai après l'extinction des feux.

Honnêtement, il ne pensait pas qu'elle était sérieuse. Pourquoi aurait-elle envie de dormir avec lui putain ? Elle voyait bien que sa proposition était la meilleure solution. Il dormirait ailleurs pour ne déranger personne la nuit, car il était hors de question qu'il manque à nouveau de sommeil. Même s'il s'était réveillé brutalement à chaque fois, il se sentait quand même reposé. Cela faisait longtemps qu'il n'avait pas aussi bien dormi. Son premier vol avait été assez banal, mais il avait commencé à sentir que son ancien mojo revenait. Il ne savait pas si c'était une bonne ou une mauvaise chose. Mais ce qu'il savait, c'était que pour la première fois depuis longtemps, il ne détestait pas être en vie.

Alors qu'il se baladait dans le camp, il remarqua que la doctoresse – qui portait un ensemble deux-pièces ample de couleur vert pâle, les cheveux attachés en une tresse – discutait avec Babs. Ce qui était étrange, c'est que tout le monde semblait éviter cette femme.

Ce fut Curry qui résolut le mystère et qui en même temps, l'amplifia. Eli s'essuyait après la douche quand Curry entra dans la tente.

— C'est quoi le problème avec cette doctoresse ? demanda Eli.

— Dr. Smythe ? demanda Curry en se tartinant de lotion pour le corps, un indicateur de son âge avancé. Eli se demanda s'il ne devait pas penser à en acheter.

— Smythe ? Non je ne crois pas. J'aurais juré qu'elle avait dit s'appeler Jeebrelle ?

Il eut du mal à prononcer son prénom.

— J'ai remarqué que les gens n'arrêtaient pas de l'éviter, continua-t-il.

Curry écarquilla soudain les yeux.

— Tu connais l'un des cavaliers ?

— Pardon ?

Eli cessa de se sécher face à l'excitation de Curry.

— Un cavalier de l'apocalypse. Celle que tu appelles Jeebrelle traîne pas mal avec cette dragonne. C'est celle qu'ils appellent Pestilence.

Il cligna des yeux, ébahi.

— C'est une cavalière ?

Elle ne ressemblait en rien à ce à quoi il s'attendait. Premièrement, elle n'avait ni robe ni cheval. Il se mit à s'observer.

— Tu es sûr ? Pourtant je ne semble pas avoir la peste[1].

— Oui, elle n'est pas vraiment comme dans les films.

Mais je suis sûr que c'est elle. Il y a quelques vidéos d'elle qui circulent sur Internet.

— Tu lui as parlé ?

— Moi ? Certainement pas, dit Curry en secouant la tête.

— Et les autres cavaliers ?

— Je n'ai vu qu'un seul autre gars. Un grand type qui porte une robe et a un chat tout maigre.

— Pourquoi sont-ils là ?

— Ça dépend à qui tu demandes, dit Curry en fronçant les sourcils. Certains disent que leur présence annonce la fin du monde. Mais il y a une autre rumeur qui dit qu'ils sont aussi pour combattre des génies redoutables.

— Des génies, hein ? Donc les rumeurs sont vraies ?

— Apparemment et on est même chanceux, nous sommes censés en affronter, wouhou.

— Quand ?

— Bientôt.

Une déclaration inquiétante qui aurait dû donner envie à Eli de s'envoyer la bouteille d'alcool la plus proche. Au lieu de ça, il sourit.

— J'espère bien, sinon je vais finir par m'empâter avec toute cette nourriture sur le camp.

Entre le sommeil, les repas réguliers et l'absence de cochonneries dans son organisme, il se sentait enfin lui-même – quelque chose qui avait de la matière au lieu d'une ombre faible.

Il avait un objectif et les gens comptaient sur lui pour être prêt à partir, c'est pourquoi à l'extinction des feux, il s'emmitoufla dans sa couverture et se faufila discrètement dehors avant qu'il ne fasse totalement nuit. Il parvint à contourner une sentinelle qui regardait dans la mauvaise direction, puis dépassa la frontière du camp et s'avança plus loin encore, car il n'avait aucune idée de la portée de sa voix.

Il finit par se blottir dans la crevasse formée par un arbre tombé depuis longtemps, enroulant sa couverture autour de lui avant de faire claquer l'élastique et de dire :

— *Bonne nuit.*

---

1. La légende raconte que les quatre cavaliers de l'apocalypse sont : la guerre, la famine, la mort et la peste.

CHAPITRE ONZE

Yvette réalisa rapidement que le capitaine n'était pas dans sa tente ni sur le camp alors qu'elle partait à sa recherche.

La sentinelle du poste de garde nord lui dit finalement :

— Le capitaine est parti juste avant le couvre-feu. Par-là, expliqua-t-il en pointant la direction du doigt.

— Et vous ne l'avez pas arrêté ? demanda-t-elle d'un ton sec, même si sa colère était plus dirigée vers le capitaine que vers ce jeune homme.

Geoffrey, qu'ils avaient récemment recruté et qui était censé être un métamorphe ours malgré sa silhouette mince, haussa les épaules.

— Il avait l'air de vouloir être seul. Et honnêtement, j'ai pensé que ça pourrait faire du bien au camp de passer une nuit tranquille.

— Tu as pensé ? lâcha-t-elle en levant un sourcil. Ce n'est pas ton travail de penser. À l'avenir, on applique les mêmes règles pour tout le monde.

— Même pour vous, colonelle ? répondit-il avec insolence alors qu'elle le dépassait.

Se retournant, elle le fusilla du regard.

— Tu vas trop loin, là.

Le gamin sourit.

— Est-ce que ça veut dire que je vais être réaffecté ? Pour un poste plus tôt le matin peut-être ?

— Non. Apparemment, tu as encore besoin d'apprendre à suivre les ordres, c'est pour ça que tu continueras de monter la garde la nuit jusqu'à ce qu'on lève le camp.

Avant que sa mine déconfite ne s'accentue encore plus, Yvette s'éloigna, prenant la même direction que le capitaine. De son propre chef. Désobéissant délibérément.

Il n'y avait pas plus imprudent. Et s'il lui arrivait quelque chose ? Elle doutait qu'il ait soudain un téléphone en sa possession.

Il ne semblait pas non plus aimer les armes, contrairement à elle qui avait deux poignards et un pistolet sur elle. C'était un peu léger, mais elle n'avait pas envie de perdre de temps en allant chercher sa mitraillette et en attirant l'attention.

Comme il faisait nuit, c'était uniquement grâce à la lune qui éclairait son chemin qu'elle percevait quelque chose. Mais lorsqu'elle passa sous la fine canopée d'arbres, cela devint plus dangereux. D'autant plus qu'il n'y avait pas vraiment de chemin. Son papa lui avait appris à traquer dans l'obscurité.

Comme tu ne peux pas les sentir, mon Ivy, il faut que tu cherches les traces. Ses doigts calleux, ceux d'un travailleur, lui montraient alors les signes de passage à la lumière du jour. Puis, il l'avait fait s'exercer dans l'obscurité. Les feuilles pliées. Des marques légères. Et surtout, l'instinct.

Son père lui avait appris qu'elle devait toujours se fier à son instinct. Celui-ci ne l'avait jamais détournée de son droit chemin, et là tout de suite, il insistait pour qu'elle retrouve Eli.

Une fois que ce serait fait, le capitaine serait puni. Pour quoi exactement ? S'assurer que tout le monde au camp puisse faire une nuit complète ? Quel connard altruiste. Il ne lui avait pas fallu longtemps pour réaliser que, malgré sa réticence, le capitaine appartenait à cette catégorie de gens qui se donnaient toujours à cent pour cent et agissaient toujours de façon désintéressée. Il avait vraiment envie de se consacrer aux autres, ce qui expliquait pourquoi il avait pris les décès, suite à l'incident qui l'avait fait quitter l'armée, si personnellement. Même s'il n'aurait rien pu faire, son empathie l'empêchait de surmonter cette culpabilité. Jusqu'à ce qu'il l'accepte, il continuerait de faire des cauchemars et de penser qu'il méritait de dormir sur le sol froid et dur.

Quel imbécile. Sa punition serait de revenir au camp, même si elle devait le tirer par l'aile. Cependant, elle ne l'engueulerait pas trop pour sa petite rébellion, pas alors qu'il se comportait enfin comme ce franc-tireur qu'il avait été autrefois.

À environ un kilomètre et demi du camp et juste après avoir enjambé un ruisseau qui éclaboussait les rochers qui le bordaient, elle l'entendit – un gémissement bas et prolongé.

Pas du tout flippant. Elle sortit son pistolet – mieux valait être armée que de se battre contre quelque chose avec des crocs. Ils avaient tendance à laisser des cicatrices. Même si elle avait eu de la chance. Son frère Phil avait transformé ces marques en un tatouage très cool.

— *Non. Non. Non.*

Lorsque les gémissements reprirent, elle s'arrêta et écouta les notes sinistres et mélancoliques. Elle suivit le bruit, ses pas étant sûrs, bien qu'il n'y ait pas de chemin. Les gémissements devinrent plus bruyants, la menant jusqu'au capitaine, blotti dans le creux d'un arbre qui était tombé, frissonnant et transpirant. Charmant.

Le désespoir et le chagrin émanaient de lui, lui donnant la chair de poule. Pendant une seconde, elle hésita à le secouer pour le réveiller. Est-ce que cela aiderait ? Ou bien se réveillerait-il en étant désorienté et paniqué, devenant un danger pour lui-même ou les autres ?

Elle s'accroupit et posa une main sur lui. Il s'immobilisa immédiatement.

Elle retira sa main et il se remit à frissonner.

Sa couverture était sur le côté, ce qui expliquait pourquoi sa peau était si froide. Elle l'attrapa et, au lieu de le réveiller, s'allongea et se blottit derrière lui, faisant de son mieux pour étendre la couverture sur eux. Il resta calme alors qu'elle enroulait son corps autour du sien.

Yvette se mit alors à lui chuchoter :

— Tu n'es pas seul.

Il expira longuement. Elle se cala contre son dos alors que son corps froid se réchauffait. Devenant agréable et chaud. Peut-être qu'elle pourrait rester là quelques secondes et s'assurer que le cauchemar était terminé.

Puis, la dernière chose dont elle se souvint, c'est qu'elle se réveilla dans une flaque de bave. La matière sur sa joue n'était pas celle d'un oreiller mais d'un torse. Elle eut beau ouvrir les yeux, cela ne changea rien, elle était bien sur le capitaine. Pendant son sommeil, elle était passée de la position cuillère à celle de la couverture. Dès l'instant où elle se mit en mouvement, la respiration du capitaine s'arrêta.

Il est réveillé !

C'était gênant. Surtout depuis qu'elle sentait son érection contre elle.

Il a probablement envie de faire pipi.

Il bougea les hanches très lentement et la friction provoqua chez elle un gémissement rauque et inattendu.

Il frissonna et murmura :

— Mon Dieu, aidez-moi.

Le fait qu'il cherche à contrôler son attirance pour elle ne faisait aucun doute. Avec un peu de chance, il ferait mieux qu'elle. À quel point son sens de l'odorat était-il développé ? Remarquerait-il qu'elle avait mouillé sa culotte ?

— Bonjour, marmonna-t-elle, essayant de trouver une façon correcte de s'écarter de lui sans que cela n'empire les choses.

— Colonelle, répondit-il.

Et ce fut tout. Pas de vannes, rien. La plupart des hommes n'auraient pas pu s'empêcher de faire une petite remarque dans une telle situation.

Comme il ne le fit pas, elle se sentit obligée de le faire.

— Je croyais qu'on avait dit qu'on arrêtait les saluts militaires.

Elle ondula des hanches pour compléter son sous-entendu.

C'était mal. Si mal de sa part. Il pourrait l'accuser de harcèlement sexuel et elle se ferait rétrograder.

Il posa les mains sur ses hanches et dit d'une voix traînante :

— C'est une habitude difficile à perdre, colonelle.

— On a dormi ensemble. Je pense qu'on peut s'appeler par nos prénoms désormais.

— La fraternisation est plutôt mal vue.

— Dans l'armée militaire humaine, oui.

Pendant un instant, il ne répondit pas. Quand il le fit, sa voix était si basse qu'elle eut du mal à l'entendre.

— Pourquoi tu as dormi avec moi ?

— Je t'ai dit que j'allais le faire.

— Tu n'aurais pas dû, dit-il, tout en gardant ses mains sur ses hanches.

— Peut-être, mais j'en avais envie. Et au lieu de t'en plaindre, tu ferais mieux de me dire merci. Après tout, ça a marché.

— C'est toi qui le dis.

— Oui, c'est moi qui le dis.

Yvette se redressa, les mains sur son torse, le chevauchant complètement. Oh la douce pression que cela exerçait sur elle.

Elle pouvait également voir son visage. Ses yeux étaient mi-clos et ses cheveux ébouriffés. Il était bien trop sexy.

Il garda les mains sur elle et sa voix fut rauque lorsqu'il lui dit :

— Merci.

— De rien.

Elle se balança légèrement contre lui et retint sa respiration. C'était bien trop agréable. Il y avait beaucoup de tension dans l'air. Ils étaient tous les deux très attentifs. Prudents. Elle était sa supérieure après tout.

Mais elle était aussi une femme et il y avait quelque chose chez Eli...

— L'aube est presque levée, parvint-il à souffler alors que leurs pelvis se frottaient l'un contre l'autre.

— Oui.

Elle pencha la tête en arrière et ferma les yeux. Cela n'aurait pas dû être si agréable. Il fallait vraiment qu'elle se détache de lui.

Il serra ses hanches des doigts.

— Si l'on ne retourne pas au camp, les gens vont remarquer notre absence.

— Pas vraiment. J'aime faire du jogging, tôt le matin, dit-elle en se penchant un peu plus près.

La pression lui procura une légère secousse très agréable.

— Je ne fais pas d'exercice aussi tôt le matin, grogna-t-il.

— Tu devrais, haleta-t-elle alors qu'elle eut soudain un putain de mini-orgasme.

Elle n'était pas la seule. Il se raidit sous elle et émit un son qui lui fit tourner les yeux vers lui.

Leurs regards se croisèrent. Et si elle avait fait preuve

de plus de fantaisie, elle aurait dit qu'il venait de se passer quelque chose entre eux.

Incroyable.

— Tu as raison, on ferait mieux d'y aller.

Elle se leva d'un bond.

— Je déteste les gens guillerets dès le matin, grommela-t-il.

Elle n'était pas guillerette. Elle se mit sur la pointe des pieds, notamment pour penser à autre chose que cette pulsation entre ses jambes. Celle-ci avait envie qu'elle se rassoie.

Sur lui.

Il se mit en position assise et elle remarqua le sac dont il s'était servi comme oreiller.

— J'imagine que tu n'as pas apporté de kit de rechange ?

Apparemment, il était parti en étant déjà prêt.

— Si tu étais resté dans ta tente, je n'en aurais pas eu besoin.

— Tu n'aurais pas dû me suivre.

— Mais je l'ai fait et je le ferai à nouveau parce que ça a marché.

— Ta réputation...

— Ne sera pas ternie si les gens pensent que nous couchons ensemble, l'interrompit-elle. Au contraire. Les femmes te considèrent comme un bel homme et un bon parti.

Il éclata de rire, un rire rauque et méprisant.

— Si seulement elles connaissaient la vérité.

Il ne se doutait pas que son côté homme brisé le rendait encore plus attirant, surtout quand il lui donnait un aperçu du soldat plein d'assurance qu'il avait été. Et puis il y avait quelque chose chez lui qui l'attirait et auquel elle avait du mal à résister.

Mais pourquoi résister ? Cela faisait un moment qu'aucun homme n'avait attiré son attention et elle savait par expérience qu'empêcher les gens d'assouvir leur désir avant une mission risquait de créer plus de problèmes.

Attendez une seconde, envisageait-elle vraiment de coucher avec un type qui, il y a seulement quelques jours, buvait jusqu'à en crever ? Un homme qu'elle venait juste de rencontrer et qui la faisait déjà agir de façon inappropriée ? C'est surtout cette prise de conscience qui lui donna envie de partir.

— Tu viens ? On peut toujours faire croire qu'on s'est croisés lors de notre jogging matinal.

— Les sentinelles sauront que c'est des conneries, lui rappela-t-il.

Elle eut un rictus.

— Ils savent déjà que nous sommes partis hier soir et que nous ne sommes pas revenus. Et nous savons très bien à quelle vitesse les rumeurs filent ici.

Il prit un air renfrogné.

— Plus rapidement que mon grand-père quand Mme Bettina a commencé à lui dire qu'il devait l'épouser.

Bizarrement, elle trouva cela extrêmement drôle et gloussa jusqu'à son retour au camp, la tête haute. Les gens sortaient tout le temps ensemble. Il n'y avait rien de bizarre à ce qu'elle se soit envoyée en l'air. Elle n'avait rien fait de mal et même si elle eut droit à quelques regards curieux, personne ne lui fit de remarque.

Alors qu'elle s'avançait vers sa tente, elle remarqua

que ceux qui étaient debout paraissaient bien reposés. Elle ne perçut également aucun signe de fatigue au petit-déjeuner auquel se joignit le capitaine, son regard partant dans toutes les directions sauf vers elle.

Sauf lorsqu'ils allèrent tous les deux vider leurs assiettes. Il se retrouva à côté d'elle et lui murmura :

— Merci.

Étrangement, cela la fit sourire.

L'ensemble de l'escadron prit son envol et pour la première fois, ce ne fut pas un putain de désastre. Même les dragons suivirent plus ou moins le suivi le plan initial.

Comme le ciel était nuageux cet après-midi-là, ils ne se préoccupèrent pas des satellites et firent quelques courses dans les nuages où le capitaine démontra ses talents au cache-cache.

Au dîner, elle remarqua que quelqu'un faisait circuler une flasque d'alcool qu'elle ignora jusqu'à ce qu'on la propose à Eli.

Il la fixa et elle vit l'envie dans son regard avant qu'il ne la repousse et dise clairement :

— J'ai besoin d'une boisson sans alcool.

Personne ne se moqua de lui. La flasque fut écartée et remplacée par du soda et les discussions à table reprirent. Après avoir terminé son repas, Yvette se faufila hors de la tente et partit se promener. Peu de temps après, elle entendit des pas qui s'approchaient et la rattrapèrent.

— Colonelle, je peux vous parler ?

— Bien sûr Capitaine, répondit-elle en restant professionnelle. Je suppose que c'est à propos de l'exercice d'aujourd'hui ?

— Ç'aurait pu mieux se passer.

— C'est vrai.

— Thomas sait mieux que quiconque qu'il ne peut pas dépasser les bornes.

— Effectivement, c'est pourquoi je l'ai fermement réprimandé et lui ai demandé de nettoyer les latrines.

Elle n'eut pas besoin de le regarder pour savoir qu'il grimaçait, elle le sentit dans sa voix.

— C'est dur.

— Qu'est-ce que vous auriez fait à ma place ? demanda-t-elle.

— La même chose

— Vous savez, vous et moi, nous sommes un peu pareils parfois, dit-elle.

— Ha, ricana-t-il.

— Nous sommes tous les deux des chefs de vols qui ont dû faire des choix difficiles et qui culpabilisons lorsque nous pensons avoir échoué.

— Mais ce qui nous différencie, c'est que vous n'avez jamais laissé tout ça vous briser.

— J'ai plus l'habitude de devoir me relever. Si mes trois frères qui ont fait de ma vie amoureuse un enfer quand j'étais adolescente n'ont pas réussi à me faire garder ma virginité, alors je me dis que je peux à peu près tout affronter.

Il s'agita et elle jeta un coup d'œil vers lui pour constater qu'il gloussait silencieusement. Ses lèvres tressautèrent.

— Vous avez des frères et sœurs ? demanda-t-elle.

— Un frère. Mais il est en fauteuil à cause d'un accident de Geai bleu.

Elle leva les sourcils.

— Vous ne voulez pas plutôt dire un accident de jet ski ?

— Non. Un Geai bleu s'est jeté devant sa voiture et ce crétin a fait une embardée pour l'éviter. Il a heurté un poteau, expliqua Eli.

— Ça craint.

— Finalement ce n'était pas une si mauvaise chose. Ça lui a permis de rencontrer sa femme qui était l'une de ses infirmières de rééducation. Ils ont plusieurs enfants maintenant et il dirige une entreprise d'informatique prospère depuis chez lui.

— Et vous, vous envisagez de vous poser un jour ?

— Non. Et vous ?

Elle haussa les épaules.

— Je n'y ai jamais pensé. Je veux dire, ma mère me harcèle avec ça mais...

— Mon frère dit qu'il faut surtout rencontrer la bonne personne.

À ce moment-là, elle tourna la tête vers lui pendant qu'il parlait. Il la fixait du regard.

Leurs regards se croisèrent.

La tension et l'anticipation étaient palpables.

Il rompit le silence.

— Je ferais mieux d'aller dormir. J'ai entendu dire que la colonelle avait prévu une journée de folie pour demain.

— Vous avez bien entendu effectivement. Alors, ne m'obligez pas à vous courir après. Je vous rejoins dans la tente.

— Oui, colonelle, acquiesça-t-il d'une voix grave, un grondement qui lui donna des papillons dans le ventre.

À son âge c'était assez ridicule. Et pourtant, elle ne pouvait pas s'en empêcher. Après ce qui s'était passé ce matin... Elle s'attendait à une soirée intéressante. Peut-être même une soirée qui impliquerait d'être nue. C'est pour cela qu'elle prit le temps de se raser les jambes et les aisselles avant de se faufiler dans la tente d'Eli. Pas la peine de se faire remarquer non plus.

Et en même temps, elle s'en fichait. Le sexe était quelque chose de normal et sain, du moins d'après sa mère. Alors que Papa et ses frères prônaient l'abstinence jusqu'au mariage. Ce qu'Owen n'avait pas respecté avec sa petite amie visiblement, vu les neveux jumeaux d'Yvette.

Eli serait-il timide ou audacieux ? S'il était timide, serait-ce à elle de le séduire ? Mais en même temps, elle se demandait comment ce serait si c'était lui qui prenait le contrôle. Elle avait beau donner des ordres dans le ciel, elle se demandait comment ce serait au lit. Ses expériences précédentes n'étaient pas vraiment de bons exemples.

Alors qu'elle défaisait les liens de la tente pour entrer, son rythme cardiaque s'accéléra. Cela faisait longtemps qu'elle n'avait pas été aussi nerveuse.

En entrant, il lui fallut quelques secondes pour que ses yeux s'habituent à l'obscurité. Et pour comprendre qu'il avait choisi de dormir sur le sol avec une couverture et un coussin, lui laissant le lit de camp.

Le rejet fut douloureux.

CHAPITRE DOUZE

Eli n'arrivait pas à croire qu'elle était venue se faufiler dans sa tente. Malgré le malaise étrange de ce matin, pour lequel il s'était à moitié convaincu que cela n'avait jamais eu lieu, il avait supposé qu'elle changerait d'avis. Après tout, ce n'était pas convenable. Une colonelle qui réconfortait quelqu'un qui faisait honte à l'uniforme ?

En l'aidant pour ses terreurs nocturnes, elle faisait bien plus que ça. Il savait que la plupart des gens dans sa position ne se donneraient pas autant de mal qu'elle. Mais si les rôles avaient été inversés, il aurait fait n'importe quoi pour l'aider – à part coucher avec une femme qui était sous son commandement. Ce genre de choses aurait pu faire passer un homme en cour martiale. Là, actuellement, la colonelle pouvait aussi avoir des ennuis, mais seulement si le capitaine s'en plaignait. Et il n'en avait pas l'intention.

Pas quand il pouvait la remercier de l'avoir tiré de son inertie.

En même temps, même s'il ne portait pas plainte, d'autres personnes pourraient se faire de fausses idées. Sa réputation risquait d'être ternie. Et ensuite, il allait devoir frapper les gens qui avaient répandu de fausses rumeurs. Et il aurait probablement à nouveau des ennuis.

C'est pourquoi il avait fait le bon choix. Elle dormirait dans le lit. Et lui sur le sol.

Un choix qu'il regretta dès l'instant où elle entra dans la tente.

Elle regarda à l'intérieur et se figea dès qu'elle remarqua ce qu'il avait fait. Elle ne dit pas un mot. Elle enleva sa veste et la déposa au pied du lit. Elle ne portait plus qu'un tee-shirt blanc et un pantalon de coton élastique au niveau des chevilles. Elle enleva ses bottes de combat, dévoilant ses pieds nus. Elle avait tiré ses cheveux en arrière. Elle ne portait pas de maquillage, pas même un peu. Elle n'en avait pas besoin avec sa peau nette et ses traits parfaits.

Elle n'avait encore rien dit. Devait-il parler ? Pour dire quoi ? Comment prendre la parole alors que sa bouche était plus sèche que le désert où ils s'étaient rendus après le réseau de contrebande. Il avait tellement envie de boire un verre d'alcool et en même temps non, car s'il avalait une seule goutte il serait obligé de quitter ce camp.

Ce n'était pas envisageable.

Il avait besoin de ça.

Le lit de camp grinça et la colonelle grimpa dessus. Il devait la considérer comme sa supérieure. Cela l'aiderait certainement à atténuer cette tension en lui. Fermant les yeux, il ne put que se souvenir de ce qu'il s'était passé ce matin. De ce qu'il avait ressenti quand elle s'était subtilement pressée contre lui. La façon dont elle avait apprécié ce moment intime.

Les ressorts du lit de camp couinèrent alors qu'elle s'installait. Elle s'immobilisa, puis peu de temps après, il entendit le bruissement de la couverture qu'elle ajustait. Elle resta allongée, respirant doucement.

Il retint sa respiration jusqu'à ce que ses poumons explosent, puis il faillit s'étouffer en essayant de la reprendre. Une fois qu'il eut fini de tousser, il redevint silencieux et se maudit intérieurement d'être un idiot pareil. Elle ne dit rien. Regrettant probablement sa promesse de ce matin.

À moins qu'il n'ait tout imaginé ? Peut-être... que ce n'était qu'un rêve. Un rêve torride, voilà qui expliquerait tout.

Il passa un doigt sous l'élastique à son poignet. Comme il était obligé de parler, il allait devoir attendre qu'elle s'endorme d'abord, sinon elle l'entendrait.

La plupart des personnes du camp étant actuellement en train de dormir, seules quelques voix occasionnelles retentissaient au loin, devenant plus fortes et se terminant souvent par des rires. Le temps passa.

Le lit de camp grinça à nouveau quand elle changea de position.

Il ne pouvait pas bouger. Le sol était toujours aussi inconfortable. C'était tellement gênant, putain. Pourquoi n'était-il pas retourné sous son arbre ? Serait-elle allée le retrouver ? Lui serait-elle montée dessus pour le réveiller de la plus délicieuse des manières ?

Le lit couina quand elle bougea à nouveau. Elle soupira et dit doucement :

— Je sais que tu ne dors pas.

— Toi non plus, rétorqua-t-il.

— Tu as peur de t'endormir ?

Il faillit lui répondre que oui, car avant, fermer les yeux voulait dire qu'il devait revivre ce moment affreux de sa vie. Mais dernièrement, le sommeil était comme il devait l'être – reposant et calme. Et ce matin ? Il s'était même réveillé de bonne humeur.

— Ce n'est pas la peur qui me retient, avoua-t-il.

— Alors c'est quoi ?

— Honnêtement ? C'est bizarre que tu sois ici. Je n'ai pas l'habitude de partager ma chambre.

— C'est des conneries ça ! s'exclama-t-elle. Je sais que tu as réalisé des missions où tu as partagé tes quartiers.

— Ouais. Mais là c'est différent.

— Pourquoi ?

— Quand on est en mission, nous sommes tous unis dans un but précis.

— Nous aussi. Et notre but, c'est de laisser tout le monde dormir. Donc je ne vois pas où est le problème.

Il fallait qu'il le dise pour qu'elle le comprenne.

— Je suis attiré par toi.

— Je sais, oui.

Elle ne dit rien d'autre. Qu'est-ce que ça voulait dire ?

— Alors tu sais que notre proximité complique les choses parce que j'ai du mal à contrôler mes pensées.

C'était la chose la plus gênante et honnête qu'il ait jamais dite.

Merde, il avait vraiment envie d'un verre.

Et voilà comment elle décida de l'aider.

— Je pensais que nous avions compris ce matin que j'éprouvais la même chose.

Attendez, venait-elle de lui confirmer qu'il n'avait pas rêvé ?

— Donc je ne t'ai pas imaginée dans les bois avec moi ?

Elle roula sur le côté et le regarda par-dessus le bord du lit.

— Tu croyais que tu avais tout imaginé ?

Il haussa les épaules dans ses couvertures.

— Ce ne serait pas la première fois.

— Nous avons eu toute une conversation. Comment as-tu pu ne pas t'en rendre compte ?

— Une fois, je me suis réveillé en pensant que j'étais parti à l'aventure, que j'avais fait de la spéléologie et que je m'étais battu contre des araignées.

Mais quand il avait ouvert les yeux, il était dans les bois, nu avec des griffures et avait découvert plus tard qu'il s'était absenté pendant cinq jours.

— Tu étais saoul ou défoncé ?

— Probablement, avoua-t-il.

— Tu l'étais aussi la nuit dernière ?

— Non.

— Et là, maintenant ?

— Non.

— Est-ce que tu as changé d'avis sur le fait de venir dans le lit avec moi ?

Pendant un instant, il ne sut quoi répondre alors que le sang quittait son cerveau pour descendre plus bas. Elle avait avoué qu'elle le désirait. S'il grimpait sur le lit de camp, ils coucheraient probablement ensemble.

Ce n'était pas nécessairement mal. Peut-être même que ça lui soulagerait l'esprit, étant donné que cette femme occupait actuellement toutes ses pensées. Était-ce si étonnant que ça qu'il la craigne ? Elle était comme une nouvelle addiction. Une addiction qui pourrait le renvoyer au fond du trou, là où il n'arriverait plus jamais à se relever.

Dis non.

Il ne méritait pas cette joie que lui procurait leur proximité.

— Non.

— Tu es sûr ? Parce que pour arrêter tes cauchemars, il vaudrait mieux qu'on se touche.

L'envie de dire « oui » grondait en lui. Cela faisait tellement longtemps qu'il n'avait pas été proche de quelqu'un. Elle l'avait vu dans son état le plus vulnérable, un putain de canard fragile, et lui avait quand même proposé de les rejoindre.

Probablement parce qu'elle avait pitié de lui.

Il détourna le regard.

— J'aimerais essayer de dormir sans que l'on se touche. Peut-être qu'on va se rendre compte que j'ai simplement besoin de quelqu'un à proximité. Si c'est le cas, j'irai m'installer dans la caserne.

Ce n'était pas l'idée la plus attrayante, mais si ça marchait... Cela faisait moins de tentation à gérer.

Elle lui répondit alors d'un ton sec :

— Je te préviens, en général, une fois que je suis endormie, je ne me réveille pas.

— Et si je promets de m'endormir d'abord ?

Il tira sur l'élastique autour de son poignet, le faisant tourner.

— Est-ce que tu es ce genre de type qui peut s'endormir d'un seul coup ? demanda-t-elle en faisant claquer sa langue.

— Ouais.

— OK, alors vas-y, fais-le.

Pendant une seconde, il hésita. Avait-il vraiment envie d'être inconscient ? Oui, si ça pouvait lui permettre de fuir cette conversation gênante.

— *Bonne nuit.*

Il fit claquer l'élastique et quand il se réveilla ensuite, ce fut pour trouver Yvette enroulée autour de lui, sa douce chaleur lui procurant à la fois plaisir et douleur.

Elle avait une odeur parfaite, féminine et douce. Elle était partiellement allongée sur lui et il se demanda s'il avait fait un cauchemar et qu'elle était venue le réconforter.

Ou bien avait-elle simplement décidé de ne pas dormir seule ? Était-ce vraiment important ? Elle avait posé la joue sur son torse, sur le tissu de son tee-shirt. Il remarqua une tache humide qui indiqua qu'elle avait bavé. Sa main était posée sur son cœur. Son genou relevé tirait sa cuisse sur la sienne.

La sentir contre lui était bien trop agréable. Cela le réconfortait. Comme s'il était important pour elle.

Inconsciemment, sa main caressa son dos, se glissant jusqu'à la tresse qu'elle avait faite avant de dormir. Il fallait qu'il arrête. Elle allait être furieuse si elle apprenait qu'il profitait d'elle. Il se força à retirer sa main et elle s'agita contre lui.

— Hum. Ne t'arrête pas. Encore, marmonna-t-elle, pourtant cela prouvait bien qu'elle était consciente.

Mais il fallait qu'il en soit sûr.

— Tu dors ?

— Plus maintenant, ronronna-t-elle en bougeant contre lui.

— Est-ce que j'ai fait un cauchemar ?

— Rien que je ne puisse pas gérer.

Il recommença à la toucher, caressant doucement ses cheveux et son dos.

— Est-ce que tu te souviens de ton cauchemar ? lui demanda-t-elle doucement.

— Ouais.

C'était le même à chaque fois – ou une variation de celui-ci.

— Ta dernière mission ?

Il se mit à rire d'un air ironique.

— Tu veux dire le massacre.

— Est-ce que tu vas accepter un jour que ce n'était pas de ta faute ?

Il se tut.

— Au fond, je sais que ce n'était pas de ma faute. Ça n'arrange rien pour autant.

— Rien ne pourra jamais arranger les choses. Mais il faut que tu saches que ce n'est pas de ta faute. Tu as fait tout ce que tu pouvais.

— Alors pourquoi ai-je l'impression que j'aurais pu faire plus ?

Il ne pouvait pas répondre à cette question.

— Parce que tu es un homme bien, Eli Jacobs.

Ce fut à son tour de le toucher, attrapant son menton pour qu'il la regarde. Et il ne put s'empêcher de se noyer dans son regard.

— Je...

Quelles que fussent ses protestations, elles ne franchirent jamais ses lèvres, car elle plaqua soudain sa bouche sur la sienne. Il fut surpris. Tout s'enflamma. Surtout quand elle glissa la main plus bas, de son torse à une partie plus intime et qu'elle le taquina à travers le tissu.

Elle enroula ses jambes autour de sa cuisse et se frotta contre lui.

Ce consentement implicite le rendit audacieux. Il la caressa de sa main libre, effleurant la pointe de ses seins. Ils restèrent silencieux, sauf pour leurs souffles torrides. Elle frotta et serra sa bite. Il fit de même avec ses seins. Et quand il descendit la main vers son pantalon, dépassant la ceinture pour caresser les boucles de son sexe, elle plaqua ses hanches contre lui et murmura contre ses lèvres :

— Touche-moi. Fais-moi jouir.

Ses doigts s'aventurèrent à travers ses boucles pour écarter ses lèvres inférieures. La chaleur humide le fit bander. Il glissa un doigt dans son sexe brûlant et elle se crispa, gémissant doucement contre sa bouche. Elle immobilisa sa main sur sa queue, probablement distraite par le fait qu'il la doigtait. Un, deux, puis trois doigts. Il trouva ce point sensible en elle et son pouce parvint à se frotter contre son clitoris en même temps.

Elle ondula des hanches contre sa main. Les bruits

qu'elle émettait contre sa bouche faillirent le faire jouir. Mais il ne voulait pas que tout ça tourne autour de lui. Il voulait que ce soit elle qui éprouve du plaisir. Il la doigta jusqu'à ce que son corps devienne rigide, que son sexe se crispe autour de ses doigts et qu'un grognement dur franchisse ses lèvres alors qu'elle jouissait.

— Hum, gémit-elle.

Sa main recommença à le serrer et il ne lui fallut pas longtemps pour qu'une tache humide et embarrassante tache son pantalon. Une fois que sa respiration redevint calme, il fut heureux qu'il fasse encore nuit pour qu'elle ne puisse pas voir son embarras lorsqu'il dit :

— Il faut que je me change.

Elle gloussa.

— Désolée, mais pas désolée. Est-ce que tu as un gant de toilette ?

Effectivement, il en avait un qu'il mouilla avec une gourde et lui tendit avant de se changer rapidement dans le noir. Il entendit le couinement du lit de camp alors qu'elle retournait se coucher. Alors qu'il était prêt à se recoucher sur le sol, elle lui dit :

— Ne sois pas idiot. Viens dans le lit avec moi.

Il se glissa prudemment derrière elle comme si elle était une bombe à retardement, le corps droit comme un piquet jusqu'à ce qu'elle lui prenne la main et la pose sur elle.

— Relax. Dors. Il n'est que trois heures du matin.

— Mais...

— Chut.

Il se blottit contre sa chaleur, son visage contre sa

tête, respirant son odeur. À sa grande surprise, il n'eut pas besoin de l'élastique cette fois-ci.

Mais quand Eli se réveilla, il se retrouva nez à nez avec trois inconnus penchés sur lui, de grands types costauds qui lui jetaient un regard noir avec leurs yeux jaunes qui lui promettaient une mort imminente.

CHAPITRE TREIZE

Yvette se réveilla brusquement.

Quelqu'un est ici. Et c'était l'une des rares fois où elle n'avait pas son arme à la main.

Même si ça ne l'aurait pas aidée dans tous les cas.

— Reculez, aboya Eli.

— Vas-y, force-nous.

Elle reconnut immédiatement cette menace et ce grondement.

Oh, non.

Avant même qu'elle n'ait le temps de réagir, le capitaine avait roulé hors du lit et faisait face à ses frères. Aux trois. Qui se trouvaient ici. Dans cette tente.

Merde.

Mais Eli ne réalisa pas qu'il était le seul en danger. Il se tint devant elle, comme pour la protéger avec son corps.

— Allons régler ce problème, quel qu'il soit, dehors.

— Notre problème ? se moqua Phil. Mon problème c'est ce que tu fais avec ma sœur !

— Ta sœur ? Oh, merde, répondit Eli.

Il était temps pour Yvette d'intervenir. Le pistolet qu'elle avait caché sous l'oreiller était assez inutile étant donné que maman la battrait à mort si elle blessait l'un de ses garçons. Mais ça ne l'empêchait pas de leur crier dessus.

— Qu'est-ce que vous faites là ? Vous vous faufilez comme ça en entrant dans les tentes des gens sans prévenir ?

Tu parles d'un mauvais timing.

Et cela n'aidait pas que son détecteur de danger ne se déclenche jamais lorsque ses frères décidaient de lui faire des farces ou d'espionner leur petite sœur, même plusieurs années plus tard.

— À ton avis ? On vient veiller sur toi évidemment, dit Xavier, le plus raisonnable des trois.

— Heureusement d'ailleurs, sinon tu aurais pu faire quelque chose de regrettable avec cet homme oiseau, ajouta Owen.

— Trop tard, ajouta Xavier. Sérieux, Ivy, si tu comptes dégorger le poireau de quelqu'un, fais-le discrètement au moins.

— Attends, tu veux dire qu'ils...

Owen resta bouche bée et Yvette devint rouge tomate.

Ça ne passa pas inaperçu.

— Je vais le bouffer ! hurla Phil avant d'exploser hors de ses vêtements. Grognant, son jaguar arborait des griffes et des crocs menaçants, devant lesquels le capitaine ne broncha pas, ce qui était à la fois stupide et courageux.

Owen commença à tirer sur sa chemise, ce qui voulait dire que les choses allaient dégénérer.

— Ça suffit ! hurla Yvette, s'agenouillant sur le lit de camp puisqu'il n'y avait plus de place dans la tente.

— On n'a même pas commencé, promit un Owen torse nu d'un air inquiétant en enlevant ses chaussures.

— C'est pas vos affaires.

Bizarrement, Xavier se mit à rire.

— Oh, Ivy. Tu es tellement idiote.

— Idiote ?

Sa voix monta dans les aigus et ne se stabilisa que lorsqu'elle pointa son arme en direction de son frère.

— Retire ce que tu viens de dire.

— Tu ne me tireras pas dessus, dit Xavier d'un air trop confiant.

— Tu veux plutôt dire que je ne te tuerai pas. Mais Maman me pardonnera pour la cicatrice, dit-elle en plissant les yeux.

— Allons, Ivy, ne nous emballons pas, répondit Xavier, essayant de l'apaiser.

Owen enlevait désormais son pantalon. Phil s'accroupit et renifla les pieds du capitaine.

Quel bordel. Elle posa son arme.

Ce n'était pas parce qu'elle était gênée que c'était une raison de tirer sur son frère. Le couteau qu'elle lui lança lui coupa assez de cheveux pour qu'il soit obligé de se raser la tête. D'après l'expression de Xavier, il l'avait également compris et n'était pas content.

— C'est injustifié !

— Disons plutôt qu'on est à égalité maintenant.

— On n'a même pas commencé, déclara Xavier.

— Je ferais mieux de partir, proposa le capitaine.

— Tu comptes fuir, poule mouillée ? gloussa Owen en battant des ailes.

— Un aigle. Je suis un aigle à tête blanche, pour être plus précis.

— Attends une seconde, dit Xavier en plissant les yeux. Tu es l'Aigle de Fer.

— Attendez, il est pas genre super vieux ? demanda Owen. Qu'est-ce qu'un vieillard comme toi fait avec ma sœur ! grogna Owen alors que son pantalon heurtait le sol.

Il se transforma en félin, et Xavier secoua la tête pendant qu'Yvette était perplexe.

Vieillard ? Eli n'avait que quelques années de plus qu'elle. Les deux chats se jetèrent sur le capitaine qui évita de se faire éventrer de justesse.

— Fais quelque chose ! cria-t-elle à son dernier frère qui était encore habillé.

— Il est hors de question que je m'implique. La dernière fois que j'ai tabassé ton petit ami, tu m'as dit que tu étais une grande fille et que si j'interférais à nouveau dans ta vie amoureuse je finirais avec un plâtre.

— Je pourrais encore le faire, dit-elle d'un air renfrogné.

Debout sur le lit de camp, elle agita son arme en direction de ses frères poilus.

— Ne vous avisez pas de mâcher les bras du capitaine. Il en a besoin pour voler.

Un regard de félin se tourna vers elle et son frère ricana.

Et le capitaine ne battait toujours pas en retraite.

— Capitaine, vous pouvez me laisser un moment avec mes frères ?

— Je suis d'accord, il faut qu'il parte pendant que nous réglons nos problèmes familiaux. Phil va l'escorter dehors.

Xavier fit signe au jaguar qui bavait rien qu'à cette idée.

— Oh non, certainement pas. Et je vous préviens tout de suite, si vous posez une seule griffe sur le capitaine, je coupe une autre oreille.

Elle l'avait déjà fait auparavant. Phil se laissait pousser les cheveux pour le cacher. Ce dernier battit en retraite en s'asseyant, l'air mécontent. Owen émit un miaulement plaintif, indiquant qu'il aurait aimé qu'elle le laisse égorger le capitaine.

— Ne prends pas ce ton avec moi ! le menaça-t-elle.

Owen siffla.

Elle se pencha près de lui, front contre front et murmura :

— Ne me teste pas. C'est la pré-saison.

Ce qui, il le savait, voulait dire que les Anglais débarquaient dans une semaine. Aussi connu comme la semaine de : j'achète-du-chocolat-et-je-m'enferme-dans-le-garage. Une fois qu'elle avait ses règles, elle avait tendance à être un peu moins folle.

Owen souffla et détourna le regard.

Un sourire de triomphe étira ses lèvres et s'effaça lorsqu'elle se retourna et surprit Phil en train de baver sur les pieds nus du capitaine.

Eli parut enfin déconfit.

— Hum, Colonelle, pourquoi est-ce qu'il me lèche les orteils ?

— Il joue avec vous, c'est tout.

— On dirait plutôt qu'il cherche à attendrir la viande.

— Personne ne mange le capitaine.

Elle jeta un regard sévère à son frère.

— Philip John Morris, rentre-moi cette langue.

— Grrr.

Elle pointa son arme.

— Sinon je tire dessus.

Phil recula d'un pas et Owen, qui était un putain d'emmerdeur, leva la jambe en l'air. Elle le visa rapidement.

— Si tu fais ça, ce sera la dernière fois que tu pisseras sans avoir besoin d'un tube, l'avertit-elle.

Owen se recroquevilla sur lui-même.

Elle jeta un coup d'œil à Xavier.

— Toi aussi tu as besoin que je te menace ?

— Ils ont leurs raisons, dit Eli. C'est votre famille.

— Ça ne leur donne pas le droit de se mêler de ma vie. On a déjà eu cette discussion.

— Vous êtes leur sœur. Ils veillent juste sur vous, dit le capitaine qui défendait ces imbéciles.

Et Xavier rebondit dessus.

— Exactement !

— On n'est plus au Moyen Âge. Personne n'a le droit de me dicter mes actions ou mes choix.

— Non, mais on peut s'assurer que tous ceux qui t'embêtent comprennent qu'ils s'en prennent aussi à nous, dit Xavier en s'adressant au capitaine qui le prit avec aplomb.

— C'est compris. Et jamais je ne manquerai de respect à la colonelle.

— Comment suis-je censé croire l'homme que j'ai retrouvé dans sa tente ?! s'exclama Xavier.

— En fait, c'est ma tente, dit le capitaine, s'excusant presque.

Phil redevint humain, une grande menace nue qui gronda :

— Ça ne change rien.

— C'est vrai pourtant, déclara Yvette. C'est moi qui l'ai rejoint.

Puis, elle expliqua rapidement la situation.

— Le capitaine souffre de terreurs nocturnes dues au stress post-traumatique. Nous menions justement une expérience afin d'en diminuer les effets.

— En dormant avec lui ? demanda Xavier d'un air perplexe.

— Oui. Quand je le touche, les cauchemars s'arrêtent.

Ça sonnait mal, mais elle ne chercha pas à arrondir les angles.

Phil devint si rouge qu'elle s'inquiéta pour lui. Quand il explosa enfin, ce fut pour hurler :

— C'est des conneries tout ça !

— Tu me traites de menteuse ?

— Les câlins ne guérissent pas les troubles post-traumatiques. Si cet escroc t'a dit le contraire, c'est qu'il ment ! hurla Phil, la faisant se demander combien de personnes pouvaient actuellement les entendre et les juger.

Grâce à ses frères, tout était désormais public.

Le capitaine ne put rester silencieux.

— Je n'ai jamais manqué de respect à votre sœur ou fait quoi que ce soit qui aille contre sa volonté.

C'était vrai. Quand elle s'était réveillée dans la nuit, elle avait voulu sentir ses mains sur elle. Elle en avait aussi bien profité. Dommage que ses frères aient débarqué en se comportant comme des voyous. Ç'aurait pu être une bien meilleure matinée.

Justement, en parlant de ça, il fallait qu'elle fasse pipi, se lave les dents et ait sa dose de caféine.

— Est-ce qu'on peut discuter comme des adultes rationnels autour d'un petit-déjeuner ? Pour ma part, j'ai besoin d'un café. Et de moins de bites qui se baladent dans la pièce. Rhabillez-vous, ordonna-t-elle avant de sortir, pour finalement réaliser que ses frères ne l'avaient pas suivie.

Elle pointa le bout de son nez dans la tente, assez longtemps pour aboyer :

— Maintenant ! Avant que je ne vous mette au pilori.

Alors qu'elle s'éloignait, elle entendit Owen dire :

— Elle plaisante, n'est-ce pas ? Les piloris ne sont-ils pas interdits depuis ?

— J'en sais rien. Moi je ne déconne pas avec elle. J'ai pas besoin de perdre d'autres parties de mon anatomie.

Elle se retourna et vit que ses frères quittaient la tente du capitaine – sans sang ni partie du corps qui n'étaient pas les leurs. Le capitaine ne les suivit pas.

Ce qui était probablement une bonne chose, étant donné qu'elle n'était pas encore prête à lui faire face. Ses frères avaient vraiment mis le feu en poudre avec ce truc bizarre qui se passait entre elle et le capitaine. Et si une personne du camp avait eu des doutes après la nuit précédente, ses frères s'étaient assurés que tout le monde sache qu'il se passait quelque chose entre eux.

Mais qu'était-ce exactement, ça, elle n'aurait pas pu le dire.

Tout comme elle ne savait pas vraiment ce qu'elle ressentait à ce sujet.

Mais la seule chose dont elle était sûre, c'était que la cantine avait intérêt à avoir beaucoup de bacon et de sirop d'érable, sinon il y aurait des morts.

CHAPITRE QUATORZE

L'aube ne s'était pas encore levée, ce qui voulait dire que la cantine n'avait pas encore commencé à servir. Dès l'instant où le personnel vit Yvette, ils s'empressèrent de préparer le café, lui assurant que :

— Ce ne sera pas long. Nous allons commencer à préparer la nourriture.

Tant mieux, parce qu'elle avait besoin de s'occuper. Elle avait su ce qui se passerait si elle dormait à nouveau avec le capitaine. Elle l'avait su et avait eu hâte. Elle l'avait bien apprécié aussi. Le problème désormais c'était que ces foutus frères étaient déterminés à la traiter comme une nonne vierge qui aurait dû porter une ceinture de chasteté.

Ils la rejoignirent à la cantine, vêtus de survêtements et lui jetant des regards noirs. Ils l'encerclèrent à table, Owen et Phil se plaçant en face d'elle et Xavier à côté.

Comme elle ne comptait pas battre en retraite, elle attaqua la première.

— Qu'est-ce qui vous a pris de débarquer comme ça ?

— On est venus voir comment tu allais et on t'a trouvée avec ce, ce... fulmina Owen.

— Casse-croûte, ajouta Phil.

Elle leva les yeux au ciel.

— Arrêtez avec cette histoire de je-suis-un-grand-méchant-prédateur. Vous n'aviez pas le droit.

— Tu es notre sœur, souligna Xavier.

— Ouaip. Et vous, vous êtes mes frères. Vous m'imaginez faire irruption dans vos vies privées et menacer les femmes avec qui vous couchez ? demanda-t-elle en levant un sourcil.

Étant un imbécile, Phil rétorqua :

— Ça ne me dérangerait pas parce que ça prouverait qu'on compte pour toi.

Elle cligna des yeux.

— Mais tu es fou ou quoi ? Ce n'est pas un comportement normal.

— On ne fait que veiller sur toi, c'est tout, dit Xavier d'une voix qui se voulait rassurante et qui lui donna envie de le frapper avec son coude.

— Vous vous rendez bien compte que je suis une grande fille quand même ? J'ai presque quarante ans. Et je ne suis pas vierge.

Le mot en lui-même poussa Owen à plaquer ses doigts contre son oreille en chantonnant :

— La, la, la, la.

Pendant que Phil avait un haut-le-cœur. Xavier quant à lui posa la main sur son cœur.

— Ne plaisante pas avec ça. Ce n'est pas drôle.

— Sérieusement ? Vous êtes si immatures que ça ? s'agaça-t-elle.

— Oui, affirma Xavier sans sourciller.

— Vous êtes de gros machos !

Le fait qu'elle puisse tirer rapidement avec une arme ne signifiait apparemment rien pour eux. Elle n'était que bébé Ivy. S'engager dans l'armée pour servir le Conseil des métamorphes n'avait apparemment pas changé leur vision des choses.

— Comment ça se fait que vous soyez là d'ailleurs ? Je croyais que vous étiez en mission en France.

— Ça a été un réel fiasco, déclara Phil.

— Seulement parce que tu as pissé sur le système de sécurité de notre cible, marmonna Xavier.

— J'avais besoin de me soulager.

— Toi et ton obsession des cafés français, soupira Owen.

— C'est toujours mieux que ton histoire d'amour avec leur pain, l'accusa Phil.

Owen rentra le ventre.

— Je rêve ou tu viens de me traiter de gros avec ton corps lâche de père de famille ?

— Je suis bien plus en forme que toi alors que j'ai deux fois plus d'enfants, rétorqua Phil en bombant le torse.

Xavier stoppa leur querelle.

— Mes frères, je vous rappelle que nous ne sommes pas là pour nous battre les uns avec les autres.

— Tu as raison. C'est Ivy qui a des ennuis, dit Phil en lui jetant un regard noir.

— En fricotant avec un type.

— Un vieux coq, dit Owen en frappant du poing dans sa paume. Qui croit qu'il peut tripoter notre petite sœur.

Elle leva les yeux au ciel et mentit à moitié.

— Je le répète une dernière fois, il ne s'est rien passé. Il fait des cauchemars. Le fait que je sois là l'aide à ne plus en avoir.

— Et tu as besoin de lui faire des câlins pour ça ?

— Les lits de camp sont étroits. Heureusement que j'ai un sommeil de plomb.

— Aucun souci avec le fait d'avoir un sommeil de plomb. Par contre, dormir enroulée comme un boa constricteur autour d'un homme, c'est non.

Phil était plus observateur qu'elle ne le pensait.

Ils avaient raison. La capitaine la faisait se comporter bizarrement.

— Pourquoi êtes-vous là, honnêtement ?

Il était plus sûr de poser cette question plutôt que de répondre à ses accusations.

— En partie parce que Xavier voulait voir sa précieuse Jaimie, chantonna Owen.

— C'est faux, espèce d'enfoiré, dit Xavier en se retournant pour le frapper, mais Owen l'esquiva.

— Regarde-toi, tu mens encore, se moqua Phil en secouant la tête.

Effectivement ! Tout le monde savait que Xavier en pinçait pour Jaimie. Seuls Jaimie et Xavier n'en avaient pas conscience. Il y avait même des paris en cours sur le temps qu'ils mettraient à se mettre ensemble.

Jusqu'à présent, Yvette était partie sur « *Quand il Neigera en Enfer* ». Sérieusement, son grand frère et sa meilleure amie ? Dégoûtant.

— Évidemment que tu n'es pas là pour elle. Et puis, elle fréquente ce type en ce moment de toute façon.

Yvette déforma la vérité. Jaimie avait simplement laissé quelqu'un lui offrir un verre. Un vétéran de soixante ans qui avait parlé de sa chère épouse Mary qui rendait actuellement visite à sa sœur en Floride. Jaimie avait accepté de jouer avec lui au euchre[1].

— Un gars ? Quel gars ? demanda Xavier en se crispant.

Owen soupira. Phil ricana et Yvette espéra qu'elle ne serait pas aussi stupide quand elle tomberait amoureuse.

— Bonjour.

Elle faillit tomber du banc lorsque le capitaine les salua. Elle se tourna à moitié pour lui lancer un regard.

— Qu'est-ce que vous faites là ?

— Je prends mon petit-déjeuner.

Il posa son plateau à côté d'elle. Deux plateaux à vrai dire, dont un qu'il glissa devant elle. Elle avait été tellement occupée à se disputer avec ses frères qu'elle avait oublié de prendre quoi que ce soit.

Bon sang, elle ne l'avait même pas vu arriver. Le plateau devant elle contenait une grande tasse de café avec un couvercle en plastique, une assiette de bacon, des tranches d'oranges et quelques sachets de sirop d'érable. Comment avait-il su ?

— Trouve-toi une autre table, grogna Xavier.

— Non.

Le capitaine prit une cuillère de porridge, fronça les sourcils, ouvrit plusieurs sachets de sucre et les versa sur la substance grumeleuse. C'était scandaleux. Courageux. Stupide. Et amusant, étant donné que ses frères le regardaient avec stupeur.

— Je commence sérieusement à croire que ce poulet veut qu'on le mange, déclara Phil.

— Vous croyez qu'en cuisine ils ont du lait de baratte et de la farine pour qu'on puisse faire une patte ?

Owen avait une drôle de lueur dans le regard, indiquant qu'il avait une idée de recette en tête.

— Ce n'est pas drôle ! gronda-t-elle en tenant sa tasse de café chaude.

Elle prit une gorgée du liquide, noir et fort, comme elle l'aimait.

— Et nous, où est notre café ? demanda Xavier.

Jacobs secoua la tête.

— Je n'ai que deux mains.

À leur grande surprise, deux membres du personnel apportèrent trois autres plateaux et une cafetière. Offerts par le capitaine évidemment, puisqu'il continua de manger et d'ignorer tout ce qui se passait autour de lui.

Ses frères versèrent tout le sucre et la crème qu'ils purent se mettre sous les pattes dans leurs tasses jusqu'à ce qu'ils gâchent leurs cafés. Jacobs prit son café noir. Pourquoi l'avait-il rejointe pour le petit-déjeuner ? Était-ce du masochisme ? Cet homme semblait vouloir se torturer. Il n'avait quand même pas fait ça à cause d'une sorte de marque d'affection mal placée, si ? Ou pire, par galanterie ? Le sexe n'était que du sexe. Rien d'autre, à moins que les deux parties soient vraiment à fond dans la relation.

Ce qui n'était pas son cas. Elle n'avait absolument pas envie d'être en couple.

Elle doutait qu'il soit prêt pour ça également, même s'ils dormaient bien ensemble.

Son introspection lui avait fait manquer la conversation de ses frères – qui, sans surprise, consistait à embêter Jacobs.

— Alors, c'est vrai que vous lanciez des œufs explosifs sur l'ennemi pendant vos missions ?

Phil savait très bien que c'était une blague de mauvais goût.

— Pas d'œufs non. Par contre, on transportait de vraies bombes. Comme celle-ci. Attrape.

Le mouvement fut rapide et Owen tomba du banc en rattrapant ce que le capitaine lui avait lancé.

Ce n'était pas une bombe. Owen se releva, tenant une pomme dans ses mains.

— C'est pas drôle, dit-il d'un air renfrogné.

Un sourire étira les lèvres du capitaine.

— N'est-ce pas.

Un clin d'œil subtil à sa blague précédente.

— Quel genre de bombes est-ce que vous utilisez sur le terrain ? demanda Xavier.

— Ça dépend de la mission.

— À quel point êtes-vous familiers avec les différents explosifs disponibles de nos jours ?

Phil eut un rictus.

— Mec, on est à fond dans tout ce qui fait « *boum* » !

— Pourtant vous n'êtes pas des militaires.

Le capitaine s'avéra être perspicace en remarquant que ses frères ne se comportaient pas comme des militaires.

Ils étaient avachis à table et leurs coupes de cheveux n'étaient pas en accord avec le règlement – plus le fait qu'ils n'en avaient rien à faire des grades.

— Oh que non, nous ne travaillons pas pour le gouvernement, s'exclama Owen d'un air négatif en agitant les mains.

— À moins qu'ils ne nous paient une tonne de fric, précisa Phil.

— C'est pour ça que vous êtes là ? demanda Yvette en sautant sur l'occasion, voyant désormais leur visite sous un autre angle.

— Pourquoi sœurette, tu nous demandes de divulguer des informations secrètes ? la taquina Xavier.

Et sans rien révéler, il dévoila tout. Putain de Conseil. Ils avaient engagé d'autres équipes pour les aider face à leur dilemme. Au moins, ils prenaient le danger au sérieux. Ses frères avaient beau la rendre folle, ils étaient de très bons mercenaires.

— J'imagine que vous avez déjà un référent à qui vous faites vos rapports et qui vous fournit ce dont vous avez besoin, dit-elle en se penchant en arrière alors que quelqu'un ramenait de nouvelles assiettes de nourriture.

Ce qui était une bonne chose, car sa pile de bacon avait disparu.

Le deuxième round était composé d'œufs brouillés en poudre qui étaient désormais chauds et moelleux, des saucisses, des pommes de terre sautées et des toasts. Qu'elle recouvrit immédiatement de beurre de cacahuète et de confiture.

D'abord le sucré. Ensuite le salé.

Tout le monde mangea. Elle mit les saucisses de côté – ce n'était pas son truc.

Jacobs les échangea contre ses pommes de terre. Sans

lui demander. Il agit comme si c'était la chose la plus naturelle au monde.

Ses frères le remarquèrent également, et même si elle faillit leur dire que c'était le fruit du hasard, la suspicion dans leur regard alors qu'ils observaient le capitaine, qui restait très calme, était une vraie source de divertissement pour elle. S'ils cherchaient à la rendre folle, il lui paraissait juste qu'elle fasse de même.

— À quelle heure voulez-vous que l'escadron soit prêt, Colonelle ? demanda le capitaine quand ils eurent terminé leur repas et qu'il eut pris son assiette – et la sienne seulement.

— Je veux décoller d'ici vingt minutes. Curry devrait déjà être sur la piste en train de réunir l'escadron.

— Ce qui veut dire que je ferais mieux de me mettre en mouvement. Je vous dis à tout à l'heure, colonelle.

Le capitaine hocha la tête en signe de respect, puis adressa un mot d'adieu sec à ses frères.

— C'était un plaisir, messieurs. On devrait remettre ça.

Ce ne fut que lorsqu'il quitta la tente que Xavier dit :
— C'est moi ou... je crois que je l'aime bien.

---

1. Jeu de cartes

CHAPITRE QUINZE

Eli souriait encore lorsqu'il atteignit la piste d'atterrissage. L'avion qui devait les transporter pour le vol attendait, le bout de l'appareil ouvert pendant que Curry tenait une tablette entre les mains et passait en revue la check-list. Eli ouvrit la bouche pour demander quel était le bilan, puis la ferma.

Ce n'était plus à lui de commander l'escadron.

Pendant un moment, il eut un pincement au cœur en se remémorant ce qu'il avait été. Mais il le refoula. Chaque chose en son temps. Au moins, il essayait de voler à nouveau en ayant un objectif et pas seulement parce qu'il mourait d'envie de manger un lapin des neiges. C'était agréable de faire quelque chose de sa vie et de se servir de ses compétences pour accomplir une mission qui en valait la peine.

— Bonjour, Capitaine, dit Curry en levant la tête.

Il fit un salut décontracté, plus que ce qu'il n'aurait dû, puisque ce n'était pas vraiment une base militaire et qu'ils avaient le même grade.

— Bonjour.

Sa réponse lui parut banale alors qu'en vérité, c'était une putain de bonne matinée.

— Tu parais bien reposé.

— J'ai passé une excellente nuit.

Encore une fois, c'était un euphémisme.

— Et toi ?

Cet échange de banalités n'était pas aussi confortable qu'avant. C'était plus la faute d'Eli qu'autre chose. Auparavant, il avait tellement d'assurance qu'il parlait à tout le monde sans problème. Désormais, il hésitait constamment, comme s'il avait peur que ses interlocuteurs le rabrouent. Et pourtant, Curry n'avait rien fait de tel. Il l'avait simplement accueilli à nouveau comme si cette sale période où Eli s'était perdu n'avait jamais existé.

— Ma femme et mes enfants me manquent, dit Curry en fronçant le nez. J'ai parlé à Patty hier soir. Pierre a réussi à intégrer l'équipe de lacrosse[1].

— C'est génial.

Et il était sincère, car Eli adorait ce gamin. Il avait été là quand le petit était né et s'était assuré que Curry ait assez de cigares[2] à distribuer pour tout le monde. Il avait acheté le plus ridicule des jouets motorisés avec lequel Pierre s'était promené dans le jardin. Patty, l'épouse d'Edwin Curry, n'avait pas été très enthousiaste à ce sujet. En revanche, elle avait eu un grand sourire quand il avait offert un panda rose géant à leur fille à Noël une année.

— Intéressant le petit groupe avec qui tu as pris ton petit-déjeuner ce matin. Depuis quand tu traînes avec de gros félins ? demanda Curry d'un air désinvolte.

Mais Eli sentait bien qu'il était curieux.

— Je n'ai pas eu le choix, puis ce sont les frères de la colonelle.

— Et en quoi ça te concerne ? demanda Curry.

Sa question était innocente, pourtant elle troubla Eli.

— Euh, je ne savais pas qu'ils faisaient partie de sa famille quand je les ai rejoints, balbutia Eli. J'ai cru qu'elle avait besoin d'aide.

— Tu as bien vu comment était la colonelle non ? Cette femme est toujours armée et prête à dégainer.

Eli fronça les sourcils.

— Je n'avais pas remarqué.

Il se remémora les fois où elle avait sorti son arme en sa présence. OK, peut-être qu'effectivement elle dégainait rapidement. Pour le moment, elle n'avait encore tiré sur personne ni éviscéré quiconque avec ce grand couteau qu'elle aimait porter au niveau du mollet. Il changea de sujet.

— Alors quel est le plan aujourd'hui ?

On avait dit à tout le monde de se rassembler et de se préparer pour une simulation d'exercices déjà réalisés avec quelques rebondissements pour qu'il y ait un peu d'imprévus.

— Rien de très difficile. La colonelle a dit qu'elle nous le ferait savoir ce matin.

— Il n'y a aucun avertissement relatif aux exercices ?

Non pas qu'ils en aient besoin. Tout le monde savait voler. Ce n'était pas le problème. Mais pour faire en sorte que tout le monde travaille en harmonie, il y avait encore du boulot.

— Pas un seul indice, dit Curry en secouant la tête. Elle teste nos connaissances.

L'ayant fait lui-même, Eli n'y voyait pas d'inconvénient, à part que c'était trop tôt. Jusqu'à présent, leurs parcours en tant que groupe avaient été difficiles, mais ce n'était pas la faute d'Yvette. Les scrupules qu'il avait pu avoir à son sujet en l'imaginant les diriger dans le ciel avaient été apaisés. Elle savait ce qu'elle faisait. Elle était capable d'aboyer des ordres et de montrer l'exemple.

Mais il y avait toujours un détail qui inquiétait Eli. Si elle perdait l'équilibre sur la jument volante, elle tomberait dans le vide. Et cette idiote ne portait apparemment jamais de parachute.

Justement, en parlant du loup, cette dernière apparut, une figure stoïque, portant une tenue noire, les cheveux tirés en arrière, l'air agacé alors qu'elle ignorait ses deux frères qui se chamaillaient et un troisième qui paraissait amusé et restait silencieux.

Eli aurait probablement dû s'estimer heureux d'être ressorti sans une égratignure après leur première altercation.

— Qu'est-ce que tu as appris sur eux ? demanda Curry.

« *Eux* » faisant bien évidemment référence aux frères. La curiosité n'était pas que pour les félins.

Eli haussa les épaules.

— Pas grand-chose, à part qu'ils sont fans de leur petite sœur.

Curry pinça les lèvres.

— Je parie que la colonelle adore ça.

Bizarrement, cela le fit sourire.

— Ah, la famille. Effectivement, elle doit les adorer, sinon, elle les aurait déjà tués.

— Pourquoi est-ce qu'ils sont là ?

— Aucune idée.

— Personne ne semble le savoir. Mais le consensus, c'est qu'ils sont des armes qui ont été louées. Ils sont probablement ici dans le cadre de notre mission, confia Curry.

— D'après ce que j'ai entendu, c'est effectivement ça.

Même si Eli ne comprenait pas comment cela pouvait être mis en place. L'air et la terre ne pouvaient fonctionner qu'en tandem, car les hommes adultes étaient beaucoup trop costauds pour être transportés dans le ciel.

Ayant rencontré Jaimie, il se demanda si les étalons mâles étaient assez forts pour transporter des hommes. Leur orgueil le permettrait-il ? Car Eli devait reconnaître que si lui le refusait, c'était en partie parce qu'il ne comptait pas devenir un taxi pour les autres.

— Je ne vois pas d'armes, dit Curry en observant les hommes en approche.

Il laissa retomber sa main, qui tenait la tablette, sur le côté. Les frères portaient des uniformes militaires marron, ce qui changeait du noir qu'ils avaient revêtu pour infiltrer le camp.

— Probablement parce qu'ils se transforment vite.

Il n'expliqua pas comment il le savait.

— Un félin dans le ciel ça ne sert pas à grand-chose par contre.

Curry venait de dire tout haut ce qu'Eli pensait tout bas.

— C'est probablement un groupe d'éclaireurs.

— Si c'est le cas, pourquoi semblent-ils monter à bord ? murmura Curry.

Eli ne préféra pas répondre alors que les frères s'approchaient assez près pour qu'il se rende compte qu'ils avaient entendu une bonne partie de la conversation. Yvette les avait-elle entendus également ?

Curry fit un salut rapide qu'Eli reproduit également.

La colonelle – qui portait l'uniforme, ce qui voulait dire qu'il ne pouvait pas l'appeler par son *prénom* – agita la main dans leur direction.

— Repos. Je croyais qu'on avait dit qu'on arrêtait avec les saluts ?

— Maintenir une chaîne de commandement permet d'empêcher les gens de péter les plombs et de faire des conneries de leur côté qui pourraient être préjudiciables pour le groupe.

Eli ne put s'empêcher de lui faire la morale. Il avait toujours été un grand défenseur des règles. Il les suivait à la lettre, sauf si elles causaient du tort.

C'était ça qui le tuait concernant sa dernière mission. Il avait obéi à ses propres ordres. Il n'avait jamais eu aucune raison d'en douter. Il s'y serait immédiatement opposé, sans hésiter, si l'espace d'une seconde, il avait pensé que quelqu'un allait mourir. Mais toutes les missions qu'il avait exécutées contenaient une part de danger. S'il avait suivi cette logique, il n'aurait jamais complété aucune mission. Et plus de gens encore auraient souffert.

Hum. Personne n'aurait été gagnant. En agissant, il était possible que de bonnes personnes soient blessées au passage. Mais si l'on n'agissait pas, les gens bien finissaient forcément par souffrir.

Comment avait-il pu oublier tout ça ? C'était pour cela qu'il avait rejoint l'armée dès le départ. Pour aider et contribuer au bien commun.

— Sommes-nous prêts à partir, Capitaine ?

Ce ne fut que lorsque Curry répondit : « Oui, colonelle » qu'Eli réalisa qu'elle ne s'adressait pas à lui. Il ferma la bouche avant qu'un mot ne lui échappe, mais il ne put s'empêcher de baisser les yeux vers la colonelle. Il croisa son regard et rien en elle ne trahissait ce qui s'était passé entre eux.

Le regrettait-elle ?

— Je suppose que tout le monde est à bord et prêt à y aller ? demanda Yvette à Curry.

— Oui, colonelle. Nous avons juste besoin de savoir quelle manœuvre nous allons effectuer.

Elle hésita une seconde avant de répondre :

— Faisons le Hitchcock.

Eli savait de quelle manœuvre elle parlait. Un exercice qui consistait à former une nuée d'oiseaux – et dans leur cas, tout ce qui avait des ailes. C'était un bon exercice pour désorienter l'ennemi durant un combat avec des avions et des parachutistes, mais cela demandait un peu d'entraînement, car pour cela, ils devaient volaient en rangs serrés.

— C'est un exercice de mauviettes ça, se moqua l'un des frères trapus – Owen, si Eli se souvenait bien.

— Et une perte de temps étant donné que nous n'aurons rien à faire pendant cet exercice, se plaignit Phil.

— Je suis surprise que vous pensiez avoir besoin d'entraînement, rétorqua rapidement la colonelle – une insulte et un compliment à la fois.

—Non, on n'en a pas besoin ! fanfaronna Owen.

— À vrai dire, ça ne fait jamais de mal de s'entraîner avec une nouvelle équipe, dit le plus calme des frères. C'est pour ça que je pense que nous devrions faire le Réacteur.

Pendant un instant, Eli se figea.

Non. Pas cet exercice. Pas son plus gros échec.

---

1. Sport collectif où les joueurs se servent d'une crosse pour mettre une balle dans le but adverse
2. Tradition américaine qui consiste à offrir des cigares à la naissance d'un enfant

CHAPITRE SEIZE

Eli resta paralysé quelques secondes, comme s'il était de retour dans le passé, se remémorant les cris, les bruits, la douleur. Et pas seulement parce qu'on venait de lui tirer dessus.

Il fallut que la colonelle siffle :

— Vous avez un problème ?

Pour qu'Eli sorte de sa torpeur.

Xavier ricana.

— J'allais poser la même question.

La colonelle leva le menton.

— C'est moi qui mène la danse ici, pas toi.

— Peut-être que Xavier devrait, intervint Phil. Je sais que tu as vu le rapport de la mission hier soir.

Elle prit un air méfiant.

— Oui. Et ?

Xavier leva un sourcil.

— Et tu sais que la manœuvre du Réacteur était ce qu'ils recommandent.

Elle pinça les lèvres jusqu'à ce qu'elles ne soient plus qu'une ligne mince.

— C'est moi le chef d'escadron. Donc c'est moi qui décide ce qui est approprié pour la mission.

Sa réponse ne satisfit pas Eli. Il fronça les sourcils.

— Est-ce que votre frère dit vrai ? Est-ce que vous refusez de le faire à cause de moi ?

Était-ce gentil de sa part car il comptait pour elle ? Ou bien émasculant car elle le voyait comme un lâche ? Ce n'était pas surprenant vu ce qu'elle savait de lui.

Son visage exprima enfin quelque chose. De la panique. De la pitié.

— Xavier a tort. Il existe d'autres options.

Elle mentait ouvertement.

Merde. Ses couilles se recroquevillèrent sur elles-mêmes. La honte brûlait en lui, surtout face aux regards entendus de ses frères.

Elle le prenait donc pour un incompétent qui ne savait pas gérer la pression. Mais ce qui était le plus humiliant, c'était qu'elle avait probablement raison. Mieux valait le découvrir maintenant que durant un combat.

Refoulant ces voix qui hurlaient en lui, il parvint à dire d'un air détaché :

— Je pense que nous devrions faire la manœuvre du Réacteur. C'est un excellent exercice pour évaluer la vitesse et la maniabilité du groupe. De plus, je suis curieux de découvrir les modifications qui y ont été apportées.

L'échec de la mission originale avait mis en avant des

défauts, qui avaient apparemment été améliorés depuis. Au moins, personne ne leur tirerait vraiment dessus.

— Regardez-moi ce poulet qui veut faire le malin et battre des ailes, lâcha Owen en agitant les bras.

Ce qui lui valut une réprimande sévère.

— Owen, arrête de te comporter comme un idiot.

Phil secoua la tête.

— Trop tard. Il est né idiot.

— Et toi, comme un crétin.

Les frères qui se chamaillaient montèrent dans l'avion, suivi de Xavier et Curry, ce qui laissa Eli seul avec la colonelle. Elle décida alors de l'émasculer davantage.

— Vous pouvez rester à terre si vous le souhaitez.

Son expression se durcit.

— Je ne suis pas un lâche.

— Je n'ai jamais dit que vous l'étiez, mais j'ai peur que vous soyez paralysé durant l'exercice. Je ne veux pas que vous mettiez les autres en danger.

Eli bouillonna de colère en réalisant qu'elle le méprisait à ce point.

— Ne vous inquiétez pas pour moi, Colonelle. Je suis prêt à piloter, *vite* et *fort*.

Il ne se retint pas de faire de sous-entendus et son agacement diminua quand il vit qu'elle rougissait.

— Hum, justement, à propos de ce qu'il s'est passé..., murmura-t-elle et il se prépara à l'entendre lui dire qu'elle regrettait.

Avant qu'elle ne puisse l'humilier davantage, il préféra être audacieux et effronté.

— Même heure ce soir ?

Elle resta bouche bée et devint rouge tomate. Elle se mit même à bégayer.

— Oui. Non. On ferait mieux d'utiliser ma tente. Le lit est plus grand.

Ce fut à son tour d'être sans voix.

— OK ?

Il avait l'air d'un garçon prépubère.

— Hum. Il faut que j'y aille.

Le fait qu'elle soit troublée se révéla très gratifiant alors qu'elle fonçait vers l'avion.

Il prit son temps pour la suivre, se sentant putain de mieux jusqu'à ce qu'il tombe sur Xavier, le frère rationnel. Apparemment, il n'était sain d'esprit qu'en présence de sa sœur.

Le grand type se planta devant Eli, croisant les bras sur la poitrine.

— C'est quoi tes plans avec Ivy ? demanda-t-il.

Eli cligna des yeux.

— Avec qui ?

— Yvette. Ma sœur.

— Oh.

Ivy ? C'était un bien gentil surnom pour quelqu'un d'aussi autoritaire.

— Je ne fais qu'obéir aux ordres, monsieur.

— Je ne suis pas un monsieur, marmonna Xavier. Ça me fait paraître vieux.

— Ce n'était pas une insulte. C'est comme ça qu'on appelle les civils.

— C'est drôle que vous les considériez d'un rang aussi élevé que disons un capitaine ou qu'un autre con gradé.

— L'armée est là pour servir les civils, ce qui les place donc au-dessus de nous.

— Et tu y crois ? demanda Xavier avec curiosité.

— Oui, tout le monde devrait d'ailleurs.

— C'est la vieille école ça. C'est rare, murmura Xavier. T'es marié ?

Une question étrange, mais vu comment s'était passé leur première rencontre, il comprenait pourquoi un frère pouvait être inquiet.

— Je n'ai jamais été marié.

— T'as une copine ? Des enfants ?

— Je ne comprends pas pourquoi vous me demandez ça.

— Je suis juste curieux. C'est un truc de félin, dit Xavier avec un large sourire et en l'observant.

— Eh bien, c'est toujours non. Je n'ai rien à offrir à une femme à part moi-même et personne n'est assez fou pour accepter cette offre.

— Ouais, justement, souviens-toi de ça, pattes de poulet. Et ne t'approche pas de ma sœur.

Xavier n'attendit pas de réponse de sa part.

Alors qu'il sautillait vers ses frères, Eli entendit l'un d'eux dire :

— Tu crois que si on lui fait peur il pondra un œuf ?

Si Phil entendait par là un œuf de pigeon sur la tête, alors… oui. Eli risquait bientôt de craquer et de frapper quelqu'un. Quant au fait de ne pas s'approcher de la colonelle ? Il n'était pas sûr que ce soit encore possible. Pas après qu'elle l'ait invité à la rejoindre dans son lit.

CHAPITRE DIX-SEPT

Yvette était tentée d'annuler l'exercice de la matinée. Elle n'arrivait pas à envisager qu'il puisse bien se passer, pas avec ses frères qui complotaient contre Jacobs. Même s'ils n'essayaient pas de saboter la mission du capitaine, elle craignait que ce dernier ne soit pas prêt à revivre son pire cauchemar.

Merde, elle savait qu'il ne pourrait pas y faire face. Alors pourquoi venait-elle de donner les ordres du capitaine au pilote ?

Car au fond, elle sentait qu'elle était émotionnellement trop impliquée. Elle ne pouvait pas laisser son attirance obscurcir son jugement. Elle avait des ordres. Elle savait ce qui devait être fait. Si elle refusait, c'était qu'elle agissait en fonction de ses sentiments. Elle mettait en danger sa propre mission.

Sois plus intelligente.

Il fallait qu'elle mette ses émotions de côté. Comme elle avait quelques minutes devant elle le temps qu'ils se mettent en position, elle s'adressa à l'escadron. Afin d'attirer leur attention malgré le rugissement des moteurs, elle se racla la gorge. Ce qui était bien quand on travaillait avec des métamorphes, c'était qu'on n'était pas obligé de hurler.

— Votre attention s'il vous plaît.

Les voix se turent et ils tournèrent tous la tête vers elle. L'équipe l'écouta attentivement alors qu'elle leur expliquait quel exercice ils allaient faire tout en leur assignant leur position. Elle ne regarda pas le capitaine dans les yeux quand elle lui donna la place de l'un de ceux qui étaient morts durant la première mission Réacteur sur le terrain. Elle n'avait pas le choix étant donné qu'elle prenait la position de leader.

Elle répondit à quelques questions, clarifia leurs tâches et quand tout le monde parut satisfait, elle dit :

— Soyez prêts à sauter dans… – elle vérifia le cadran de sa montre – sept minutes.

Une fois son discours terminé, elle s'avança vers le capitaine qui était assis à l'extrémité de la rangée la plus proche de la sortie.

Elle baissa la voix en lui disant :

— Si vous préférez ne pas participer, vous pouvez.

Il pinça les lèvres.

— Si je ne participe pas, autant rentrer chez moi.

— Oui.

Elle n'allait pas lui mentir.

Il acquiesça.

— Alors je pense qu'il vaut mieux savoir maintenant si je vais perdre mon sang-froid ou pas.

— Vous avez peur ?

Il la regarda.

— N'est-ce pas le cas de tout le monde ?

— Ça dépend de quel genre de peur on parle. La mienne est comme une poussée d'adrénaline qui me force à agir.

Il sourit légèrement.

— J'aimerais me souvenir de ce que ça fait. Ces derniers temps, ça me retourne surtout l'estomac.

L'envie de poser sa main sur la sienne pour lui montrer son soutien était forte. Cependant, on les regardait, notamment ses frères. Ils les écoutaient probablement aussi, ces fouineurs. C'est pourquoi elle prit un ton plus sec que nécessaire.

— J'ai besoin que vous restiez solide, Jacobs. L'escadron compte sur vous.

L'expression de son visage devint soudain dure.

— Je ne laisserai pas tomber le groupe, mais apparemment, vous ça ne vous dérange pas.

— Qu'est-ce que c'est censé vouloir dire ?

— Si vous comptez me sermonner sur le danger, commencez d'abord par porter un parachute.

Elle resta bouche bée et sentit ses joues rougir alors que ses frères s'étouffaient de rire. Ils les avaient entendus.

— Je ne tombe pas. Jamais.

— Vous vous rendez bien compte que la première sera la dernière, non ?

— Seulement si ma chance tourne.

Car s'il y avait bien une chose dont elle ne manquait pas, c'était de la chance, le genre qui l'aidait à obtenir des résultats incroyables. Alors, expliquez toutes ces mésaventures depuis qu'elle avait rencontré le capitaine ?

Comme leur conversation isolée allait conduire les gens à se faire de fausses idées, elle s'efforça de parler rapidement au reste de l'équipage. Les dragonnes au large rictus arrivèrent en dernier.

Ce fut Babette qui exprima d'abord son amusement.

— Je vois qu'il y en a une qui a rajouté un certain capitaine à son tableau de chasse.

— Je ne vois pas de quoi tu parles.

Adi eut un sourire sournois.

— Ce qu'elle veut dire, c'est qu'on sait où tu as passé les deux dernières nuits.

— Ce n'est pas ce que vous croyez, dit Yvette, rougissant encore plus.

— Bien sûr. Parce que vous êtes tous les deux bien trop honorables pour faire ce qu'il faut, lâcha Babette en levant les yeux au ciel. Mais vous feriez mieux d'y réfléchir, vu que la fin du monde est proche.

— Vous pensez que nous ne pouvons pas l'arrêter ? dit Yvette plutôt que de rebondir sur sa relation avec le capitaine.

— Elspeth dit que même si tout se passe bien avec notre mission, nous avons une chance sur deux de gagner à la fin.

— Qui est Elspeth ?

— Une emmerdeuse de couleur jaune. Ma meilleure amie. Et la prochaine Nostradamus si elle me laisse publier notre livre de prophéties un jour, déclara Babette.

— Notre ? ricana Adi. C'est toi qui enregistres Ellie pendant qu'elle parle dans son sommeil.

— C'est elle qui a accepté puisque Luc ne faisait pas attention et ne prenait pas de notes non plus.

— Quand il découvrira que tu as enregistré ses ébats sexuels...

— Je ne publierai pas ces extraits-là, s'emporta Babette. Comme si l'on avait besoin de lire ça. Beurk.

Elle fronça le nez et Yvette se demanda pourquoi les dragons se considéraient plus intelligents que les autres. Ils n'étaient pas mieux que des adolescents.

— Pourquoi êtes-vous vraiment ici ?

Ce n'était pas seulement leur soi-disant voyante qui les avait poussées à venir, si ?

— Elspeth dit que...

Yvette agita la main.

— Non. Pas encore cette histoire de voyante. Pourquoi ? Vous avez forcément une opinion sur la façon dont devrait être gérée la situation. Nous savons tous que vous préférez agir à votre guise, ce qui veut dire que l'on ne peut pas vous diriger et qu'à la longue, vous pourriez devenir nuisibles.

— T'es en train de dire qu'on n'est pas capable de suivre les ordres ? dit Babette en parvenant à prendre un air vexé.

— Pour l'instant, vous ne l'avez toujours pas fait, répondit Yvette sans sourciller.

Adi pencha la tête sur le côté.

— Et si on te disait qu'on a toujours voulu faire la différence.

— Une fois de plus, je ne vois pas pourquoi vous pensez que rejoindre mon escadron serait utile.

— Parce que tu as raison. Nous n'avons pas l'habitude de travailler en tant qu'unité ou de recevoir des ordres, et nous devrions vraiment travailler là-dessus. Et ça, c'est plus important que notre ego.

— Parle pour toi, rétorqua Babette en souriant. La fille qui me plaît dit qu'elle ne pourra pas être ma petite amie tant que je n'aurais pas sauvé le monde.

— Donc tu fais ça pour le sexe et la gloire ? dit Yvette en secouant la tête.

— J'imagine qu'il y a pire comme raisons, non ?

Celles d'Yvette rejoignaient plus ce que venait de dire Adi. Mais il ne s'agissait pas seulement d'agir pour le bien de tous, mais surtout de se distinguer d'une famille de chasseurs. De montrer que même sans fourrure ou griffes, elle aussi pouvait être un prédateur.

Alors qu'ils approchaient de la zone pour leur entraînement, ses frères se levèrent de leurs sièges et enfilèrent leur parachute. Ils ne voleraient pas comme les autres.

Elle se demanda ce qu'ils chuchotèrent à Jacobs en passant. Le bourdonnement du moteur l'empêcha d'entendre quoi que ce soit. Quoi que ses frères aient pu dire, cela ne sembla pas gêner le capitaine. Au contraire, il eut un sourire arrogant et se redressa entièrement. Il était plus grand que ses frères. Ha ! Et apparemment, il n'était pas effrayé. Il lui rappela l'Aigle de Fer de l'époque.

Puis elle n'eut plus le temps de penser, car elle dut reprendre son souffle et enfiler ses lunettes de protection alors que l'arrière de l'avion s'ouvrait et aspirait tout l'air et les bruits alentour.

Ses frères sautèrent en premier, leur mission étant de rejoindre la terre ferme et d'approcher la zone par l'arrière, pendant que l'escadron cryptavien tomberait du ciel – littéralement – et plongerait vers sa cible. Dans ce contexte-là, leur cible était un ancien poste d'aiguillage en territoire ennemi, apparemment gardé par des caméras avec détecteur de mouvement. D'où la nécessité de plonger pour ne pas être repéré.

Une fois qu'ils auraient pris possession du poste d'aiguillage, ils devraient voler à basse altitude jusqu'au centre de contrôle en évitant les troupes au sol... s'il en restait encore après que le groupe d'éclaireurs, c'est-à-dire ses frères, les ai distraits.

Lors de la mission Réacteur initiale, personne n'avait su qu'il y avait des mitraillettes automatiques placées sur les caméras ni que l'une des caméras avait été pointée vers le ciel, comme si l'ennemi avait été prévenu. Il était probable qu'ils aient compris que les drones pouvaient être une menace. Et le fait que les soldats qui gardaient le centre de contrôle aient été assez malins pour ne pas s'éparpiller quand l'équipe au sol avait fait distraction n'avait pas aidé. Le capitaine s'en était à peine sorti vivant et avait perdu trois des membres du premier escadron qui s'étaient approchés.

Il n'y aurait pas de balles avec cet exercice, mais il y avait bien des caméras avec détecteurs de mouvement lumineux qui allaient leur montrer comment cela pouvait se passer. Après avoir étudié attentivement l'ancienne mission, Yvette savait que le taux d'incident était élevé, peu importe ce qu'ils faisaient. C'est pourquoi, au lieu d'une approche groupée, elle avait modifié la course afin d'avoir une approche à quatre branches. Deux par branche, volant en zigzags au-dessus et en travers des trajectoires de vol des autres, forçant les caméras à choisir. Les deux qui seraient dans le champ seraient les plus en danger, mais seulement le temps que les autres neutralisent l'arme pointée vers le ciel.

C'est pourquoi elle faisait partie du groupe qui risquait d'être visé par les coups de feu. Quand ce fut le moment de sauter, elle monta d'abord sur le dos de Jaimie, un Glock sur la hanche en renfort.

Certains auraient pu remettre en question son choix de passer en premier. Après tout, Jaimie ne pouvait pas descendre aussi rapidement que les dragons ou les oiseaux ni tourner aussi brusquement. Cependant, Yvette avait un avantage. Elle n'était pas obligée de s'approcher autant que les autres pour agir. Pas après s'être autant entraînée à tirer tout en volant.

Sauf que ce qu'ils n'avaient pas anticipé, c'était qu'une dragonne descende en piqué, surprenant Jaimie en passant sous elles et soufflant du givre argenté.

Le détecteur de mouvement n'eut même pas le temps de se déclencher. Il se désintégra.

Dès l'instant où il éclata en mille morceaux, la dragonne argentée tournoya sur elle-même et poussa un cri de triomphe, avant d'être éclairée par une lumière au sol.

— Babette, tu t'es fait repérer avec tes bêtises ! aboya Yvette dans son micro. Redescends.

Voilà comment foutre en l'air le plan.

À cause de son besoin d'épater la galerie, ils allaient désormais devoir prendre sa place.

Le reste de l'escadron se rassembla et détruisit les capteurs. Le reste des vols, y compris Adi, descendit en piqué en zigzaguant, leur mission étant de repérer et de détruire pour récupérer le trophée.

Le drapeau se trouvait de l'autre côté de la porte ce qui voulait dire qu'elle dut sauter de Jaimie, courir lorsqu'elle heurta le sol et plonger à l'intérieur du bâtiment. Elle tira sur les cibles qui avaient été fixées avant que les capteurs ne l'éclairent et ne l'obligent à faire la morte.

Une fois le drapeau en main, elle retourna vers Jaimie qui trotta et s'élança dans le ciel, se dirigeant vers le point de rendez-vous, alors que tout le monde, à part Babette, jouait encore le jeu.

Ce fut lorsque Jaimie se stabilisa que l'accident eut lieu. À cause d'un détail stupide. Un éclat de lumière aveugla Jaimie un court instant. Ce qui la poussa à secouer la tête au même instant où Yvette rangeait son arme, l'autre main tenant le drapeau. Au moment où Jaimie s'inclina, elle ne tenait pas du tout sa monture.

Pour une fois, Yvette ne fut plus si chanceuse et tomba.

CHAPITRE DIX-HUIT

Au moins, cette fois-ci, l'entraînement n'avait pas fini en désastre. La bonne nouvelle, c'était qu'Eli ne s'était pas retrouvé paralysé.

Bon certes, il avait un peu été sur pilote automatique au début. Quand il avait sauté de l'avion, il avait trouvé cela exaltant, mais comme les indications étaient relayées via son oreillette, il avait fait un saut dans le temps, se remémorant son ancien escadron.

— *On se déploie à mon signal. Deux, un.*

Il avait pour habitude de commencer à trois, mais c'était la même chose. Grâce à toutes leurs récentes victoires, ils s'étaient envolés très haut, et la chute avait été d'autant plus difficile.

Il fallut que Curry l'appelle rapidement en se mettant à côté de lui pour l'arracher à ses souvenirs. Il ne pouvait pas changer le passé. Là, actuellement, s'il ne voulait pas merder, il fallait qu'il soit attentif.

Sors-toi les doigts. Combien de fois avait-il motivé ses troupes en leur demandant de se concentrer sur la tâche à accomplir et non sur l'anxiété qui l'accompagnait ? Il était temps qu'il écoute ses propres conseils.

Je peux le faire.

Et c'est ce qu'il fit. Il sentit le vent dans ses ailes. Les ordres provenaient de quelqu'un qui était avec eux dans le ciel et non pas d'une personne qui les observait depuis un poste de contrôle éloigné. Voilà qui était intéressant. Eli ne pouvait qu'utiliser sa voix d'aigle pour transmettre ses idées à l'escadron. Mais en étant sur place, la colonelle pouvait apporter des changements plus précis au plan et l'adapter durant le vol.

Dommage qu'une dragonne n'ait pas écouté. Mais ça servirait de leçon pour tout le monde.

Il fallait faire confiance à son leader. Ou faire comme les enfants et jouer à « Jacques a dit ».

Même s'ils venaient de perdre Babette, le reste de la mission se déroula comme prévu. À priori, il n'y eut pas d'autres pertes. Ils avaient gagné. Il ne s'était pas retrouvé paralysé par la panique !

Il faillit pousser un cri de victoire en guidant l'escadron, se dirigeant vers le point de rendez-vous. Ce qui était une bonne chose. Car sinon, il n'aurait pas vu la colonelle tomber.

Devant et au-dessus de lui, son destrier remonta de façon abrupte avant de se stabiliser. Il vit le reflet, un accident causé par un rayon du soleil qui se reflétait sur la dragonne argentée, pile au mauvais endroit. Du coin de l'œil, il repéra une forme qui tombait et plongea vers elle, les ailes repliées, descendant en piqué. Le désespoir le poussa vers la seule personne que cela pouvait être.

La colonelle chuta.

Pas sous ma surveillance.

Un aigle apprend très tôt à être rapide s'il veut manger dans la nature. Et les proies n'étaient jamais immobiles. Le plus gros problème, ce n'était pas d'atteindre Yvette, mais de savoir comment l'attraper. Contrairement à son dîner, il n'avait pas envie de la perforer.

Elle le vit arriver et écarta les bras et les jambes, lui laissant plus d'options. Il espérait que la manche de sa veste tiendrait le coup alors qu'il tendait les serres pour l'attraper.

Elle grogna quand il la saisit. Ce n'était pas le sauvetage le plus doux, mais c'était bien mieux que l'autre alternative où elle aurait éclaté en mille morceaux par terre. Au moins, il pouvait la transporter sans s'affaisser. Peut-être pas pour longtemps, il allait finir par s'épuiser s'il n'y avait pas de fort courants d'air pour voler. Et la laisser pendre ainsi n'était pas la meilleure option. Il repensa à la fois où il avait sauté avec un paquet attaché à son dos. Est-ce qu'il existait vraiment quelqu'un capable de chevaucher un aigle ?

Vous vous doutez bien vers qui son esprit se tourna à ce moment-là.

N'importe quoi. Comme s'il avait envie que quelqu'un le chevauche avec autant d'insouciance, comme s'il n'était qu'une vulgaire bête stupide.

Il culpabilisa immédiatement d'avoir cette pensée. Jaimie était loin d'être stupide. Et n'avait-il pas reconnu lui-même que la colonelle savait y faire dans les airs ? Imaginez si elle avait la dextérité et souplesse d'un aigle ?

La zone d'atterrissage apparut dans son champ de

vision. La moitié de l'escadron atterrit à quelques pas de l'hélicoptère en attente, avec Eli non loin derrière.

Dès l'instant où les pieds d'Yvette touchèrent le sol, il la relâcha. À peine atteignit-il le sol en se métamorphosant qu'il la sermonna :

— Espèce d'idiote !

— Pardon ? dit-elle en relevant ses lunettes pour le regarder d'un air interrogateur.

C'en était trop. Eli fit un pas en avant pour l'attraper par le bras et la secouer.

— J'ai dit que tu étais une idiote ! Tu aurais dû mettre un parachute.

— C'est un poids supplémentaire pour Jaimie, ce n'est pas juste.

Il la regarda d'un air incrédule.

— Et ta sécurité ? Tu aurais pu mourir.

— Ouaip, dit-elle sans discuter. Je pourrais aussi mourir dans un accident de voiture. Faire une intoxication alimentaire. Même me faire frapper par la foudre.

— Ce n'est pas drôle.

— Je n'ai jamais dit que ça l'était. Je précise juste que lorsqu'il est temps de partir, rien ne pourra l'arrêter. Tu n'as jamais vu *Destination Finale*[1] ?

L'absurdité de cette conversation tournait en dérision la peur qu'il avait ressentie en croyant qu'elle allait mourir.

— Mais tu t'en fiches ou quoi ?

— Bien sûr que non. Mais je suis surtout contrariée d'avoir enfilé des sous-vêtements peu reluisants ce matin.

Il la fixa du regard.

— Tu te fous de moi, putain ?

Il la secoua à nouveau. Pas assez fort pour lui faire mal, mais il y en eut certains qui n'apprécièrent pas.

Eli se retrouva écarté sur le côté par les frères d'Yvette qui débarquèrent soudain, un mur de chair nue qu'il n'osait pas franchir.

Xavier le regarda d'un air renfrogné.

— Merci de l'avoir sauvée, mais c'est plutôt nous qui allons crier sur notre sœur si ça ne te dérange pas.

Ce qu'Eli aurait pu répondre à ce moment-là fut interrompu par Jaimie qui se jeta dans les bras d'Yvette en pleurant.

— Dieu merci, tu vas bien !

Oui, Dieu merci. Réalisant ce qui aurait pu se passer, il fut à nouveau secoué. Eli partit au pas de course et se transforma, battant des ailes pour rejoindre le camp militaire plutôt que d'attendre l'hélicoptère qui était censé les ramener. Le vol long et exténuant lui laissa des courbatures et il fut essoufflé lorsqu'il tournoya enfin pour atterrir.

Il ne passa pas inaperçu. Eli prit la robe de chambre des mains d'un des membres de l'équipage aérien qui sortit d'une tente en courant alors qu'il se dirigeait vers la sienne. Une fois à l'intérieur, il se changea rapidement avant de marcher d'un pas lourd dans le camp, sans destination précise en tête, il souhaitait seulement ne pas bouillonner de rage dans sa tente minuscule.

Alors qu'il observait la cantine, il se demanda s'ils avaient de la bière ou du vin. Peu importe, ça n'aiderait pas. Ça aurait bon goût – et ça lui réchaufferait le ventre. Ça atténuerait peut-être les tremblements qui secouaient son âme. Yvette aurait pu mourir. Et s'il n'avait pas été là ? L'alcool l'aiderait à ne plus se repasser en boucle ce qui aurait pu lui arriver s'il ne l'avait pas rattrapée.

Curry apparut soudain, déjà habillé, fronçant les sourcils d'inquiétude.

— Hé. Je me demandais où t'étais passé. T'as raté le retour en hélico.

Il n'ajouta pas qu'il avait été inquiet.

Voilà qu'il était de nouveau le Eli Jacobs brisé. Le puissant aigle déchu.

— J'avais besoin de temps pour me détendre. C'était un exercice intense, dit-il comme si de rien n'était.

— C'est vrai. Ça va toi ? demanda Curry.

— Ouais. J'imagine que j'ai perdu mon sang-froid l'espace d'un instant et j'ai oublié où était ma place.

— Oui, mais tu avais tes raisons. La colonelle nous a fait peur. Heureusement que tu es rapide.

— Elle aurait dû porter un parachute, grommela-t-il.

— Oui, mais ça pèserait quand même bien plus lourd.

— Seulement treize kilos.

Comme il n'avait eu aucun mal à la porter, cela ne lui paraissait pas être si problématique.

— Pff, seulement dit-il, ajouta Curry en ricanant. Certains d'entre nous trouveraient ça un peu trop.

— Bécasse.

L'insulte ultime, car dans le monde aviaire, la bécasse américaine était considérée comme la plus lente. Elle était au même niveau que les Dodos qui s'étaient éteints à cause de leur stupidité.

Plutôt que de rétorquer, Curry désarma Eli avec un simple :

— Tu as bien fait. Tu t'en sors super bien, même.

— Non, c'est faux, s'agaça Eli, culpabilisant de vouloir un verre.

Ne voyaient-ils tous pas qu'il était une imposture ?

— Sois un peu indulgent avec toi-même. Non seulement tu as arrêté de te cacher et de boire, mais en plus tu nous rejoins et prouves que tu es toujours un atout.

— J'imagine.

Bizarrement, les mots de Curry lui rappelèrent quelque chose qu'avait dit Yvette sur le fait de ne pas être défini par une seule mission. Après tout, il était de plus en plus clair que la seule personne qui pensait qu'Eli était brisé, c'était Eli lui-même. Ce qui le poussa à demander quelque chose qu'il avait cherché à éviter.

— Est-ce que ça t'arrive de repenser à ce jour ?

— Oui, parfois. Pas aussi souvent depuis que j'ai arrêté la gnôle.

Eli cligna des yeux, perplexe.

— Tu ne bois pas ?

— Je l'ai fait pendant un moment, jusqu'à ce que je réalise que ça n'aidait pas, mais que ça empirait surtout les choses.

— Je ne l'ai jamais su.

— Parce que je ne voulais pas que quelqu'un le sache, dit Curry en haussant les épaules. Ma femme le savait par contre, et c'est elle qui a fini par me sortir de là. Elle m'a dit que si je ne recommençais pas à vivre, elle et les enfants ne resteraient pas là pour me voir mourir.

Eli fut choqué de réaliser que Curry éprouvait la même culpabilité.

— Tu n'as rien fait de mal ce jour-là.

Une fois de plus, son ami haussa les épaules.

— J'aurais dû. J'aurais pu. Ça me rend un peu fou de repenser à tout ce que j'aurais pu faire différemment. J'aimerais pouvoir revenir en arrière et changer les choses.

Ce moment d'honnêteté pure, le premier depuis que tout était arrivé, frappa Eli de plein fouet.

— Je...

Sa gorge se noua.

— J'ai souhaité tellement de fois que ce soit moi et non eux qui meurent.

— Comme nous tous, dit Curry en posant la main sur son épaule. Et si les rôles étaient inversés, ils ressentiraient la même chose. Tu sais ce qu'ils te diraient d'autre ? Quand la vie te fout une claque...

— Relève-toi et rends-lui la pareille.

Une expression que son grand-père lui avait apprise après que ses parents furent morts dans un accident de voiture. Il l'avait appliquée à la lettre, l'avait partagée avec son équipe, puis l'avait oubliée au profit de son chagrin.

— Est-ce que c'est ta façon de me dire que je dois donner plus de claques ?

Curry lui serra les épaules.

— C'est surtout moi qui te dis que c'est bien d'être en vie et si tu as vraiment envie d'agir, rends-les fiers.

— Et si je n'avais plus le truc ?

Ce n'était plus la même chose quand il volait dans le ciel désormais. Maintenant qu'il avait goûté à la mort, celle-ci teintait désormais chacune de ses décisions.

— Je t'ai vu aujourd'hui. Même quand tu es très anxieux, tu fais partie des meilleures serres du ciel. On a besoin de toi. Rends ceux que tu as perdus – et ceux qui restent – fiers. Et félicitations.

Curry pressa un jeton dans sa main.

Ce ne fut que lorsque son ami s'en alla qu'il y jeta un coup d'œil.

Sobre depuis une semaine. Tu n'es pas seul.

Avant que les larmes ne lui montent aux yeux, il serra le jeton dans sa main et partit faire une promenade qui le mena jusqu'aux bois, jusqu'à l'arbre abattu sous lequel il avait dormi. Il fit tourner le jeton dans sa main. Un symbole qui lui rappelait qu'il n'était pas seul. Il était peut-être temps d'arrêter de repousser tout le monde. Eli s'assit sur le tronc, assez longtemps pour avoir de la compagnie. Il ne l'entendit pas arriver. Sa vue était bien meilleure que son ouïe.

Il sursauta lorsqu'Yvette lui demanda doucement :

— Est-ce que ça va ?

Non, parce que ses amis étaient toujours morts. Mais oui, parce qu'il venait enfin de réaliser qu'il n'était pas obligé d'être mort, lui aussi.

Au lieu de se retourner, il se déplaça sur le côté pour lui laisser la place propre et chaude qu'il venait d'utiliser.

Ce ne fut que lorsqu'elle s'assit à côté de lui qu'elle répéta sa question :

— Est-ce que ça va, Eli ?

Il réfléchit à une réponse honnête.

— Je n'irai jamais bien à cent pour cent.

— *Mais...* ?

Il se tourna vers elle.

— Mais je peux être plus que ce que je m'autorisais à être, si ça fait sens.

— Oui, je comprends. Tu es enfin prêt à vivre à nouveau. Et le monde te remercie.

— N'en sois pas si sûre.

— Je t'ai vu faire. Tu es un bon soldat – solide, fiable.

— Tu n'es pas obligée de me complimenter pour t'assurer que je reste dans l'équipe.

— Tu es sûr ? Parce que je suis prête à embrasser certaines parties de ton corps pour que tu restes.

Comment lui faire sous-entendre qu'il ne partirait jamais volontairement ? Qu'il ne la quitterait jamais, ni elle ni cette mission.

— C'est une offre intrigante, Colonelle.

— Quand on est ensemble, c'est juste Yvette, tu te souviens ?

Oui, il se souvenait. C'était d'ailleurs pour ça qu'il avait été si en colère contre elle après la chute.

— Je suis désolé de t'avoir secouée. En te voyant tomber...

Elle l'interrompit d'un geste de la main.

— Ça t'a donné l'occasion d'être mon héros. De rien.

Sa réponse la surprit.

— Tu devrais plutôt promettre de porter un parachute la prochaine fois. Ou mieux encore, que tu ne voleras plus.

— Pardon ?

Elle se leva d'un bond et lui jeta un regard noir.

— Tu n'as pas à me dire ce que je dois faire.

Il se redressa et la surplomba de toute sa hauteur.

— Tu aurais pu mourir !

— Mais je ne suis pas morte. Parce que j'ai de la chance, c'est comme ça.

Sa réponse était ridicule.

— Si tu étais si chanceuse que ça, tu ne serais pas coincée ici avec moi !

— Qui a dit que c'était une mauvaise chose ? dit-elle en lui serrant la main. Je ne le dis pas souvent, mais je suis heureuse que tu sois entré dans ma vie.

Son aveu atténua sa colère. D'autant plus qu'il ne put s'empêcher d'admettre :

— Et toi tu as changé la mienne. Pour le meilleur.

Elle fronça le nez.

— Maintenant, on a tous les deux l'air cucu alors que je suis venue ici pour t'engueuler parce que tu t'es envolé avant qu'on n'ait le temps de faire un débrief.

Il leva un sourcil.

— Je croyais que ce n'était pas une opération militaire.

— Je suis toujours ta chef.

— Ah oui ?

— Est-ce que c'est vraiment important ?

— Oui, parce que si tu es ma cheffe, alors ce que je m'apprête à faire risque d'être très inapproprié.

Il inclina son menton et l'embrassa. Enfin. Pour la première fois.

Il n'aurait vraiment pas dû attendre aussi longtemps.

Leurs lèvres s'entremêlèrent en un baiser brûlant qui fit bouillonner son sang.

Elle se colla contre lui et il enroula les bras autour d'elle, la prenant dans une étreinte qui lui fit fermer les yeux pour mieux apprécier la sensation de leurs bouches qui fusionnaient.

Elle lui rendit son baiser en étant avide et exigeante.

Leurs langues s'affrontèrent tandis qu'elle tirait sur ses vêtements et en retour, il l'aida à enlever les siens jusqu'à ce qu'ils soient tous les deux nus.

C'était fou. En plein milieu de la journée dans les bois, à la vue de tous si jamais quelqu'un venait se balader.

Mais il s'en fichait.

Il prit ses seins dans ses mains, les pressa et les malaxa pendant qu'ils s'embrassaient. Quand il pinça ses tétons, elle gémit dans sa bouche et s'agrippa à son torse, enfonçant ses ongles dans sa chair.

Elle le poussa jusqu'à ce qu'il heurte un arbre. L'écorce était rugueuse contre son dos, et pourtant, il adora ça, car la femme qui l'enflammait de toute part se tenait là, agenouillée devant sa bite en érection et il se durcit un peu plus quand il vit qu'elle le regardait.

Oh, merde, elle venait de le caresser.

Il faillit jouir. Il se retint et parvint à siffler entre ses dents serrées :

— Je ne tiendrai pas longtemps si tu continues de jouer comme ça avec moi.

— Tu préfères qu'on change de place ?

Oh que oui. Dès l'instant où elle le suggéra, il changea de position. Désormais, c'était elle qui était appuyée contre l'arbre. Il se mit ensuite à genoux, agrippant ses hanches, effleurant les boucles brunes de son sexe avec son nez. Elle leva une jambe et la posa sur son épaule, s'exposant à lui. Il embrassa la peau douce de sa cuisse.

— Oh. Oui, soupira-t-elle de plaisir.

Il se fraya un chemin jusqu'à sa chatte, la mordillant

doucement, des caresses qui la firent frissonner sous son emprise. Le parfum d'Yvette l'enveloppait, le désir qu'elle avait pour lui était plus étourdissant que n'importe quelle drogue – et était irrésistible. Il embrassa les pétales de son sexe, leur miel mouillant ses lèvres. Sa langue écarta ses lèvres inférieures et il lapa à la source, puis effleura son clitoris.

Elle se cambra.

Il la lécha encore et encore, aspirant son clitoris et le taquinant. Il se servit ensuite de ses doigts pour la baiser tout en continuant de la sucer. Il la taquina et lui procura du plaisir jusqu'à ce qu'elle attrape ses cheveux dans son poing et se crispe. Elle gémit alors qu'elle jouissait pour lui. Et il continua de jouer avec elle jusqu'à ce qu'elle le supplie :

— Eli. S'il te plaît.

— Quoi ? gronda-t-il contre sa chair.

— Je te veux en moi.

Il ne pouvait pas dire non.

— Tourne-toi, lui ordonna-t-il en se levant. Accroche-toi à cet arbre.

Elle agrippa le tronc et il tira ses hanches vers l'arrière, tirant son cul. Il lui écarta les jambes.

Tendant la main vers elle, il la caressa, d'abord avec ses doigts, puis avec le bout de sa bite. Elle se tortilla contre lui et haleta :

— Espèce d'aguicheur !

Oui, il l'était. Parce qu'il avait envie que cet instant dure pour toujours. Le bout de sa bite dure glissa entre ses lèvres. La chaleur qui régnait en elle lui coupa le souffle.

Elle poussa ses fesses en arrière pour le prendre plus profondément et il soupira lorsqu'il s'enfonça complètement en elle. Son sexe étroit et chaud était un pur plaisir.

Il commença à se balancer contre elle et elle se recula un peu plus, le laissant s'enfoncer profondément. Il la pénétra, palpitant de toute part. Il savait qu'il la tenait trop fermement et pourtant elle en redemandait.

— Oui. Baise-moi !

Elle disait des cochonneries et lui bandait un peu plus.

Elle s'écrasa contre lui, sa chatte se crispant. Ses cris se transformèrent en gémissements alors qu'elle se raidissait. Elle allait jouir à nouveau.

Sur sa bite.

Oh putain, oui. Bordel, oui.

Putain...

Il s'enfonça d'un coup sec et dynamique et elle cria son nom en jouissant. Son orgasme fut sa perte. Il jouit, encore et encore, des vagues de plaisir aveuglantes tellement elles étaient intenses. Il lui fallut un moment avant qu'il ne puisse reprendre son souffle. Leur baiser quand elle se tourna vers lui et pencha la tête en arrière fut doux et tendre.

Elle gâcha tout en murmurant :

— On ferait vraiment mieux de se rhabiller et de rentrer. Si nous sommes en retard au dîner, mes frères viendront me chercher et quelqu'un risque probablement de mourir.

---

1. Série de films d'horreur américains

CHAPITRE DIX-NEUF

Eli se raidit, et pas de la même façon que celle qui l'avait faite jouir sur sa queue.

Sans protection, d'ailleurs.

Pour sa défense, cela devait faire longtemps qu'il ne devait pas en avoir sur lui.

Tout ce qu'elle avait entendu dire sur lui confirmait qu'il ne sortait pas avec beaucoup de filles, et quand c'était le cas, ce n'était jamais avec quelqu'un de gradé.

Elle aurait dû s'en douter. Tant pis, elle s'était menti à elle-même en lui disant qu'elle était venue le retrouver pour l'engueuler. Elle avait fantasmé sur ce qui risquait de se passer. Elle avait espéré que cela produirait et aurait dû prendre une capote. Elle avait abandonné sa contraception hormonale vers trente ans et quelques à cause de ses hormones qui s'en agaçaient. Les sautes d'humeurs et maux de tête n'en valaient pas la peine, surtout qu'elle n'avait pas souvent de relations sexuelles. Elle aurait peut-être dû se faire poser ce stérilet que lui avait recommandé le médecin, sauf que ça avait l'air vraiment désagréable.

Ils ne l'avaient fait qu'une seule fois. Elle n'allait quand même pas tomber enceinte.

Et si c'était le cas...

Maman me lâchera enfin la grappe.

Quelle idée folle. Elle ne le ferait jamais, mais elle pouvait taquiner Eli à ce sujet.

— J'imagine que tu ne prends pas la pilule ? lui dit-elle d'un air désinvolte alors qu'ils se rhabillaient.

Il tomba en arrière en voulant remettre son pantalon.

Au lieu d'éclater de rire, elle se mordit les lèvres et s'étouffa.

— Ça va ? parvint-elle à dire.

Il se redressa rapidement.

— Je, hum, euh.... C'est... Merde. Non, ça ne va pas. Je suis un putain d'imbécile apparemment qui a oublié les fondamentaux.

— Si ça peut te consoler, moi aussi j'ai été prise dans l'instant.

Sa réponse le fit légèrement sourire, puis il redevint sérieux.

— T'es enceinte ?

— Tu te rends bien compte qu'on vient de coucher ensemble y a à peine cinq minutes, non ? Ça n'arrive pas aussi vite.

— Oh.

Il ne l'avait toujours pas regardée dans les yeux.

— Quand est-ce qu'on saura ?

« *On* » ? Voilà qui était intéressant.

— T'en aurais quelque chose à faire ?

Il leva rapidement les yeux vers elle.

— Bien sûr que oui, putain.

— Tant mieux.

Parce qu'un enfant méritait d'avoir plus qu'un parent dans sa vie. Elle ne pouvait pas imaginer la sienne sans son père et sa mère. Même sans ses frères agaçants.

— Comment ça, tant *mieux* ? parvint-il à grogner au lieu de couiner.

Un point pour lui. Elle aimait le voir agir comme un homme.

— Parce que même si je suis pour l'avortement, à mon âge je suis aussi pour un bébé.

Bizarrement, quand sa mère l'emmerdait avec ces histoires de bébé, Yvette paniquait. Pourtant, elle faisait la même chose avec Eli et le regardait déglutir avec difficulté.

— Et je ne suis pas du genre à fuir mes responsabilités.

Il passa la main dans ses cheveux alors qu'ils retournaient au camp.

— Tu sais que je me fous de toi, hein ? dit-elle finalement étant donné qu'il prenait ça bien au sérieux.

— Alors tu prends la pilule ?

Elle secoua la tête.

— Non, mais je ne suis pas enceinte.

— Comment tu le sais ?

— C'est moins probable à mon âge.

Il ricana.

— Tu n'es pas vieille. Et tout le monde peut voir que tu es en forme et en bonne santé.

Elle rougit face à son compliment.

— Ce qui est une bonne chose si jamais je suis enceinte, ajouta-t-elle pour voir si elle pouvait le déstabiliser.

Mais il s'adapta et continua de lui faire des compliments.

— Tu sais quoi ? Ce serait super que tu sois enceinte. Tu serais une mère géniale, un vrai modèle.

Le fait qu'il ait ignoré son petit manège l'agaça.

— Et toi, qu'est-ce qui te fait penser que tu serais un bon père ? dit-elle d'un ton plus cruel que nécessaire.

— Parce que même si je doute beaucoup, je sais que je ne ferai jamais rien pour blesser un enfant. Il serait toute ma vie.

C'était l'une des expressions les plus ringardes qui soient, et pourtant, le fait qu'il l'utilise fit fondre quelque chose dans sa poitrine.

— Je ne suis probablement pas enceinte.

Cette idée la rendit presque triste, car elle n'avait jamais été si proche de l'être – ce moment accidentel avec un homme qu'elle connaissait à peine et qui lui plaisait un peu trop.

— On devrait peut-être réessayer un de ces jours alors ?

Il lui fit un clin d'œil avant de la saluer et de s'éloigner, courant rapidement vers le camp.

Cette assurance était assez sexy. Elle faillit lui courir après. Avaient-ils le temps de remettre ça ?

Non.

Mauvaise idée, Yvette. Ce n'était pas le moment de se laisser distraire. Le capitaine avait besoin de se concentrer. Si elle le déstabilisait trop, il risquait de replonger dans l'alcool et la drogue.

Elle eut un aperçu de sa force de caractère au dîner. Il s'assit avec les autres oiseaux pendant que ses frères encerclaient Yvette. Jaimie s'assit à côté d'elle, faisant comme si elle ne zyeutait pas Xavier qui faisait de même. Phil et Owen distribuèrent des bouteilles de bière qu'ils avaient achetées en ville. D'habitude, c'était interdit, mais ils savaient tous que leur séjour ici touchait à sa fin. Yvette estimait qu'ils seraient partis d'ici la fin de la semaine. Qui savait de quoi demain était fait ? Qu'ils profitent de cette soirée.

Alors que ses frères offraient des bières à tout le monde, Eli secoua la tête. Était-elle la seule à remarquer qu'il serrait un verre d'eau dans sa main ? Ce n'était pas une décision facile pour lui, mais cela prouvait qu'il était prêt à essayer.

Une fois le dîner terminé, Jaimie lui parla du capitaine.

— Alors, comment c'était ?

— Comment c'était quoi ? demanda-t-elle en cirant ses bottes, une vieille habitude militaire qui lui permettait de se recentrer quand elle ne se sentait pas très bien.

— Le sexe avec le capitaine.

La salive qu'elle comptait cracher sur ses bottes resta pendue à ses lèvres. Elle s'essuya la bouche et souffla :

— Je n'ai pas couché avec lui.

— Oh que si. J'ai vu comment vous vous regardiez tous les deux en faisant semblant de ne pas le faire, dit Jaimie en levant les yeux au ciel. C'était tellement évident.

— Je ne parlerais pas d'évidence si j'étais à ta place, marmonna Yvette.

— Qu'est-ce que c'est censé vouloir dire ?

— Toi et Xavier. Tout le monde sait que vous en pincez l'un pour l'autre.

— Et ? Il ne se passera jamais rien de toute façon, lâcha son amie en secouant la tête.

— Pourquoi ?

— Parce que c'est un imbécile.

— Oui. Tous mes frères le sont.

— Eh bien, je mérite mieux qu'un imbécile.

— OK ? acquiesça Yvette, se demandant ce que Xavier avait fait pour énerver Jaimie.

— Alors, quand est-ce que tu le revois ?

— Qui ?

Cette fois-ci, Yvette fit vraiment semblant de ne pas comprendre pour ne pas être obligée de dire : « *Jamais* ». Le capitaine et elle... c'était compliqué.

Bordel de merde. Elle était devenue un cliché.

— Pitié, c'est tellement évident que vous n'en avez pas fini l'un avec l'autre. Fais juste en sorte que Phil ne t'entende pas. Il risque d'utiliser les plumes du capitaine pour rembourrer un oreiller.

Yvette se massa le front.

— Je ne peux pas.

— Pourquoi ?

Elle se servit d'une excuse pathétique :

— C'est compliqué.

— Seulement parce que toi tu te compliques la vie. Fais l'amour. Amuse-toi.

— Et s'il veut plus et que je ne peux pas lui donner ? Ça risque de le briser.

— Et s'il était le beurre de cacahuète qu'attend ton sandwich à la confiture ?

— Tu sais que je suis allergique aux cacahuètes.

— Très bien. Il est peut-être la crème aux herbes de ton nachos. Le Kermit de ton...

— Stop, je m'arrêterais là, dit Yvette en levant le doigt.

— Ce que je veux dire, c'est que ce type a traversé une période difficile et si tout le monde l'évite parce que ça risque de se reproduire, qu'est-ce que tu crois qu'il va se passer ?

— Tu sais quoi, je vais le prendre en considération.

Yvette se mit à réfléchir et à penser au capitaine. Cette façon qu'il avait de la faire se sentir femme. Le fait que la vie pouvait être courte et qu'elle ne voulait pas avoir de regrets.

Et enfin, il l'avait invitée à recommencer. Quand tout le monde alla se coucher, elle saisit l'occasion pour aller le chercher. Pour une fois, il était dans sa tente, assis sur le bord du lit, comme s'il l'attendait. Elle entra et posa le doigt sur ses lèvres. Il fallait qu'ils restent silencieux car ses frères ne seraient pas contents s'ils les trouvaient ensemble. Mais elle ne pouvait pas garder ses distances.

Eli lui tendit la main et ils ne dirent pas un mot, mais il y eut beaucoup de plaisir.

Il l'embrassa, la goûtant, léchant, suçant. Il la fit jouir sur sa langue, puis sur sa bite alors qu'elle enfonçait ses dents dans la chair de son épaule, le mordant pour étouffer ses cris alors qu'elle jouissait.

Comme si deux fois ne suffisaient pas, après avoir dormi une heure, ils remirent ça, principalement parce qu'elle le sollicitait. Ils se mirent en position cuillère et sa bite était pressée contre elle, à moitié dure, même dans son sommeil. Ce ne fut pas difficile de se tortiller suffisamment pour le réveiller, pour lui montrer qu'elle en voulait encore.

Il fut plus qu'heureux de s'exécuter, se glissant en elle par-derrière, sa main devant, jouant avec son clitoris alors qu'il la pénétrait, touchant ce point sensible en elle jusqu'à ce qu'elle jouisse si fort qu'elle perde connaissance quelques secondes.

Elle dormit avec lui une grande partie de la nuit, s'éclipsant juste avant l'aube, car ils le firent une fois de plus.

La nuit suivante, elle revint à nouveau.

Ils n'évoquèrent pas le fait qu'ils n'utilisaient pas de protection.

Si ça devait arriver, ça arriverait.

Les journées s'écoulèrent rapidement, entre leurs entraînements et leurs escapades sexuelles.

Elle n'était pas encore rassasiée quand elle reçut ses ordres.

Ils partaient le lendemain matin.

CHAPITRE VINGT

Quand Yvette le rejoignit dans sa tente pour la troisième nuit consécutive, Eli comprit que quelque chose n'allait pas.

— Allons dans notre coin secret, murmura-t-il et il réalisa alors qu'il était devenu assez proche de cette femme pour avoir un endroit secret.

Elle acquiesça et ils quittèrent le camp ensemble, se faufilant sans que les sentinelles ne les voient en direction de leur coin près de l'arbre. Ce n'est qu'une fois arrivés, qu'elle lui dit :

— J'ai reçu les ordres. Nous partons à l'aube.

La nouvelle le frappa de plein fouet, même s'il s'y attendait. La vraie vie avait finalement décidé de faire irruption et plus rien ne serait jamais comme avant. Il le savait. Yvette aussi, d'après son air inquiet.

— Je ne sais pas si nous sommes prêts.

Il fit de son mieux pour la rassurer.

— L'escadron se débrouillera très bien.

— Ah oui ? Parce que la moitié du temps, je ne sais

pas ce que ces dragonnes vont faire.

— Mais la bonne nouvelle, c'est que même si elles ne nous disent pas ce qu'elles savent faire, nous savons qu'elles sont puissantes – et de notre côté.

— Jusqu'à ce qu'elles ne le soient plus, dit-elle en tordant les lèvres.

Il changea de sujet.

— Quel genre d'organisation envisageons-nous ?

Cette femme qui était rarement nerveuse se mordilla la lèvre inférieure.

— Les informations qu'ils m'ont transmises sont assez éparses. En résumé, il s'agira d'une manœuvre presque entièrement aérienne qui pourrait impliquer de se prendre des coups de feu. On aurait dû s'entraîner avec la balle au prisonnier de Montezuma.

Un exercice qui consistait à esquiver les bombardements.

— On parle de quelles armes là ?

— Aucune idée. On m'a dit de m'attendre à tout sauf des balles.

Il cligna des yeux.

— C'est étrange.

— Je sais, dit-elle dans un faible murmure.

— Avons-nous des vues aériennes pour étudier le terrain ?

Elle secoua la tête.

— Ils doivent bien avoir des images de la zone de largage non ? Une carte topographique ?

— Non, répondit-elle d'un air frustré. Ils n'ont aucune photo, juste des vagues conneries sur le fait que nous allons devoir voler et qu'il y aurait des débris, dont certains pourraient encore être des systèmes de défense actifs.

Il leva les sourcils.

— On dirait une mission dans l'espace.

— Et ça devient encore plus bizarre, déclara-t-elle. Le but de la mission est de récupérer une boîte cachée dans une sorte de temple.

— Les *temples* sont synonymes de religion. Devons-nous nous inquiéter d'éventuels fanatiques ?

Ceux-ci étaient bien plus dangereux que des soldats mal payés ou des mercenaires.

— Ce n'est pas précisé.

Ils la leur avaient mise à l'envers pour le briefing et il voyait bien que ça la contrariait.

— On peut le découvrir nous-même en consultant les coordonnées de la zone.

— On ne les connaît pas non plus.

Finalement, lui qui était calme d'habitude, s'emporta.

— Comment est-ce possible ? On a bien besoin de connaître la localisation de l'endroit que nous attaquons, non ?

— On m'a dit que nous serions transportés.

— C'est des conneries.

Il comprenait mieux son agitation.

— Je suis d'accord.

— Pour dire que tu ne feras pas la mission tant que tu n'auras pas de meilleures informations ?

Parce qu'avec ce genre de foutaises, il leur aurait hurlé dessus.

Elle se mordilla la lèvre.

— C'est bien ça le problème, ils n'ont pas plus d'informations.

Il faillit hurler face à ces questions sans réponses. Il prit une grande inspiration. Il n'était pas en colère contre elle. Il fallait qu'il s'en souvienne.

— On peut peut-être en apprendre plus par nous-même. Tu as dit que l'objectif final était de récupérer une boîte ? Qu'est-ce qu'il y a à l'intérieur ? Des explosifs ? Une arme nucléaire ? Une arme biologique ?

Elle eut un sourire ironique.

— Non. Un génie.

Voilà un mot auquel il ne s'attendait pas. Heureusement qu'il avait vu assez de vidéos et lut assez de rapports pour ne plus éclater de rire.

— Est-ce qu'il représente un danger ?

— Très probablement. On m'a demandé d'informer très fermement tout le monde qu'il ne fallait surtout pas écouter le génie ni le laisser sortir sous aucun prétexte.

Il passa une main dans ses cheveux.

— Est-ce que cette boîte aura besoin d'être transportée de façon spéciale ? Avec un gant ? Un sac rembourré ?

Elle haussa les épaules.

— Ce n'était pas précisé. Ils m'ont simplement dit de récupérer la boîte et d'ignorer la voix à l'intérieur.

— Je n'aime pas ça, dit-il.

— Moi non plus.

— Alors, dis leur non.

Dieu sait qu'il aurait aimé faire la même chose il y a quelques années.

— Je ne peux pas, le Conseil a souligné l'importance de récupérer cet objet.

— Alors ils feraient mieux de te donner plus d'informations pour que tu puisses planifier ta mission correctement.

— Je reconnais que ce serait utile, mais ils ne l'ont pas fait et je n'ai pas vraiment le choix.

Il pinça les lèvres.

— Si. Tu n'as juste pas envie de leur dire d'aller se faire foutre.

— Et toi, tu le ferais ?

Maintenant oui. Mais à l'époque... il était un bon soldat.

— Je suppose que tu es coincée.

— Sans blague. Si c'est effectivement une mission aérienne à cent pour cent alors nous savons tous les deux que personne n'est capable de faire ce que nous faisons, lui rappela Yvette.

— C'est complètement dangereux d'y aller à l'aveugle.

— Est-ce qu'on a vraiment le choix ?

C'était surtout le « *on* » qui lui posait problème. Et cela lui donna une idée.

— J'irai. Seul. Un oiseau en solo. Ça ne devrait pas être compliqué de s'éclipser pour aller faire du repérage.

— Et si tu déclenches le système de sécurité ?

— Alors je mourrai.

Cela faisait déjà longtemps qu'il avait accepté cette destinée.

— Espèce d'imbécile ! Est-ce que ça t'a traversé l'esprit qu'on n'aurait peut-être qu'une seule chance ? Et si tu effraies le propriétaire de la boîte et qu'il la déplace ?

Elle n'avait pas fini de le sermonner. Elle prit un air

sombre.

— Je n'arrive même pas à croire que tu puisses suggérer ça. M'ordonner d'attendre sagement au camp en me tournant les pouces pendant que tu joues au héros martyr. Si l'on veut que ça fonctionne, il faut agir en tant qu'équipe.

Sa remarque le blessa et il s'emporta :

— Une équipe qui risque de se faire décimer si tu ne prends pas quelques jours pour mieux élaborer ton plan. Ou au moins, demander une putain de carte ! Ne te contente pas seulement de claquer les talons et de dire : « Oui ». Pense aux vies de cet escadron.

— C'est ce que je fais, mais j'essaie aussi de voir plus loin que le bout de mon nez. Et si chaque heure que nous passons à attendre coûtait encore plus de vies sur le long terme ? le Conseil a dit que nous devions agir aussi rapidement que possible.

Le Conseil n'était pas enclin à agir aussi rapidement que possible, sauf lorsqu'il se sentait acculé. À en juger par le regard et les paroles d'Yvette, cette mission aurait lieu avec ou sans lui.

Ils allaient se jeter à l'aveugle dans une situation dangereuse. Certains d'entre eux pourraient même ne pas survivre. Mais Yvette était assez courageuse pour l'accepter.

La question, c'était de savoir si lui aussi.

Un exercice d'entraînement et la vraie vie, ce n'était pas la même chose. Il y aurait des conséquences.

— Je ne sais pas si j'en suis capable.

Quelque chose s'effaça de son visage. Elle prit un air totalement neutre.

— Je comprends. Je suis désolée que tu ne sois pas prêt.

Il entendit ce qu'elle venait de lui dire, mais tout ce qu'il comprit fut : « *Tu es un lâche* ».

Il ouvrit la bouche. Il avait envie de dire à la colonelle qu'il volerait à ses côtés. De l'attraper et de l'embrasser, de lui assurer qu'elle pouvait compter sur lui. Mais en même temps, il avait peur. L'Aigle de Fer n'était plus le franc-tireur qu'il était.

Avant qu'il ne puisse retrouver sa langue, elle lui dit :

— Il faut que je me prépare. On part à l'aube.

Et elle s'en alla.

Le laissant penser qu'il était un lâche.

Et elle avait raison. Il avait peur de la perdre elle, Curry et tous ceux qu'il avait appris à connaître. Et puis, il eut une autre pensée qui le tourmentait.

Et si c'était fini entre eux après cette mission ?

Fini comme ça l'était déjà actuellement.

Parce qu'il était une poule mouillée.

Non.

Non !

Il ne pouvait pas la laisser penser ça. Elle avait besoin de lui à ses côtés. Pouvait-il vraiment rester assis au camp en se demandant ce qu'il s'était passé ? Et si ça tournait mal et qu'il aurait pu faire la différence ?

Qu'est-ce qu'il foutait à rester planté là comme un imbécile ?

Va la rejoindre.

Il fit un pas en avant…

Quand il se réveilla, il se retrouva ligoté à l'intérieur d'un sac.

CHAPITRE VINGT-ET-UN

Poum. Poum.

Énervée contre Eli, Yvette retourna au camp, agacée par sa réponse et encore plus en colère contre elle-même d'être blessée et déçue. Son humeur ne s'améliora pas alors qu'elle reconnaissait qu'Eli avait soulevé des points très pertinents.

Partir à l'aveugle vers une zone de danger actif était suicidaire. Mais ce qu'il ne semblait pas comprendre, c'était qu'ils n'avaient pas le choix. Quand le général lui avait transmis les ordres du Conseil, il avait clairement indiqué qu'ils ne pourraient pas bénéficier de plus de temps et qu'il n'avait pas d'autres informations.

Apparemment, ce serait la course entre les gentils – eux – et les méchants – tous les autres – pour savoir qui récupérerait la boîte du génie en premier. La rapidité étant le cœur du problème, elle ne comprenait pas pourquoi le général avait insisté pour qu'ils ne partent pas avant l'aube.

Une histoire d'avions qui avaient besoin de s'aligner,

et elle supposait que c'était en rapport avec leurs moyens de transport.

Ses pas lourds ne passèrent pas inaperçus. En entrant dans le camp, elle repéra deux ombres bruyantes. Comme elle savait qu'ils allaient venir l'emmerder, elle faillit leur tirer dessus. Elle essaya même de les avertir silencieusement qu'il ne valait mieux pas la tester en tripotant la crosse de son arme.

Phil poussa Owen.

— Vas-y, va lui demander.

— Où t'es-tu faufilée ces dernières nuits ?

— Comme si tu ne le savais pas.

Ses doigts saisirent l'arme, mais ne tirèrent pas immédiatement.

— C'est sérieux avec cet aigle-là ?

Maintenant ? Ils comptaient parler de ces conneries, là maintenant avec tout ce qui se passait en ce moment ? Elle leva un sourcil.

— Si par *sérieux* tu veux dire est-ce qu'on baise, alors oui.

Son aveu provoqua des haut-le-cœur, Owen étant celui qui gémissait le plus fort.

— Non. Pourquoi tu nous traumatises comme ça ?

— Et avec un oiseau en plus ! cria Phil d'un air indigné.

— Tss, attends que Maman l'apprenne, dit Owen.

— Maman ? dit Yvette en éclatant de rire. Elle va être folle de joie. Depuis le temps qu'elle me harcèle pour que je tombe enceinte. D'ailleurs si c'est le cas, vous allez manger tous mes plats préférés aux repas de famille pendant un moment. J'espère que vous êtes d'humeur à manger des pâtes, encore et encore.

Phil, le père de quatre enfants, fronça les sourcils.

— Attends une seconde, dis-moi que vous faites attention quand même.

— On ne fait rien de tordu qui nécessite d'utiliser un mot de passe, si c'est ça que tu veux savoir, répondit-elle d'un ton mielleux, ce qui provoqua d'autres haut-le-cœur.

— T'as intérêt à mettre des préservatifs ! lui dit Owen en agitant son doigt vers elle.

Son sourire fut purement diabolique alors qu'elle ronronnait :

— N'était-ce pas Phil qui avait dit, après avoir mis sa femme enceinte pour la deuxième fois, qu'avec les préservatifs ce n'était pas pareil ?

De nouveaux haut-le-cœur suivirent. Quand ses frères se calmèrent, ils passèrent à l'attaque.

— Et si tu as des bébés poulets avec lui ? Tu imagines à quel point ça va être difficile d'expliquer à mes enfants qu'ils ne peuvent pas manger leurs cousins ?

Les deux aînés de Phil étaient déjà capables de se transformer en bébés jaguars et chassaient – au détriment des oiseaux de leur région.

— Sans compter que je n'ai pas envie d'être le beau-frère d'un oiseau. Tout le monde se moquera de nous au Club de la Jungle, continua Owen qui ne cessait de détailler la liste de ses plaintes.

Et les siennes étaient les pires. Venait-il de sous-entendre qu'ils resteraient ensemble ? Genre qu'ils se marieraient ? Mari et femme ? Ensemble pour toujours...

Gloups.

— Calmez-vous. Personne ne va se marier. On s'envoie juste en l'air et c'est très agréable.

— La-la-la-la, chantonnèrent-ils en enfonçant leur doigt dans leurs oreilles pendant qu'elle levait les yeux au ciel.

Elle paniqua aussi intérieurement.

Elle pouvait gérer une grossesse. Les mères célibataires le faisaient tout le temps. Mais imaginer qu'Eli reste dans les parages en étant plus qu'un père à temps partiel ? Honnêtement, au-delà de leurs bonnes parties de jambes en l'air, elle ne s'était pas vraiment projetée. Mais en y réfléchissant, elle devait admettre que quelque chose chez le capitaine l'attirait. Même maintenant, au lieu d'annoncer qu'elle ne le reverrait plus jamais, elle mettait déjà ses frères au défi de le dire à leur mère et d'officialiser tout ça.

J'ai un petit ami. Peut-être. Elle l'avait quand même brutalement abandonné dans les bois. Et il ne revenait pas. Pas même ce soir-là quand elle exposa le plan à l'escadron, car ils méritaient de choisir s'ils partaient ou non. Elle se demanda combien refuseraient, comme Eli.

Babette fut celle qui résuma le mieux la situation.

— Tu veux qu'on saute d'un avion dans une zone inconnue, sans carte, sans aucune information à part que ce sera dangereux, pour récupérer une boîte avec un génie à l'intérieur ?

— Oui.

— Bien sûr que j'en suis ! s'exclama Babette en levant le poing en l'air.

Ce à quoi Adi répondit :

— J'étais partante avant même que tu ne poses la question.

— Moi aussi !

— Et moi.

Tout le monde acquiesça et Yvette dut baisser la tête pour que personne ne voie ses yeux humides. Le capitaine l'avait fait douter d'elle-même et de son choix de faire la mission. L'escadron, en revanche, ressentait le même besoin d'agir qu'elle.

Ils passèrent quelques heures à planifier, discuter des éventuelles possibilités qui pourraient ne jamais se concrétiser. À minuit, tout le monde partit se coucher pour faire un petit somme. Réussirent-ils tous à dormir ?

Yvette y parvint, mais de façon agitée, car le capitaine semblait avoir disparu. Il n'était pas dans sa tente. Il n'avait pas non plus été vu sur le camp. Il n'était pas venu manger un bout à la cantine. Et il ne se trouvait pas dans les bois – elle avait cédé et était allée voir.

Juste avant l'aube, alors qu'ils se rassemblaient sur le tarmac où l'avion les attendait, le consensus général était que personne n'avait vu le capitaine depuis la veille – personne à part Yvette, ce qui avait justement conduit ses frères à la traquer.

Owen s'approcha pour lui demander :

— Est-ce qu'il faut que je trouve une pelle ?

— Pour quoi faire ?

— Creuser un trou pour le corps évidemment, ricana Phil.

Elle cligna des yeux.

— Quel corps ?

Owen leva les yeux au ciel.

— Celui du capitaine tiens. Tu es la dernière à l'avoir vu, donc il t'a forcément énervée. Tu as dû lui tirer dessus, plus mortellement que Bobby la fois où il t'a mis une main aux fesses une fois que nous avons été diplômés.

Ce n'était pas la seule fois où elle avait tiré sur Bobby d'ailleurs. Il lui avait fallu trois impacts de balles avant qu'il ne comprenne qu'il n'avait pas à avoir les mains baladeuses.

Sympa ses frères qui pensaient qu'elle avait fait pire à Eli.

— Je n'ai pas tué le capitaine.

— Oui, évidemment acquiesça Xavier comme s'il était d'accord avec la psychopathe.

— J'aurais bien aimé en revanche, marmonna-t-elle.

Elle était très déçue par Eli. Après tout ce qu'il avait surmonté, elle ne s'attendait pas à ce qu'il se comporte comme un lâche.

— Tu veux que je le retrouve et le traîne par les fesses pour lui donner une bonne correction ? demanda Owen en se frottant presque les mains d'excitation.

— Qu'il aille se faire foutre. S'il ne veut pas venir, alors on est mieux sans lui, déclara-t-elle, la gorge nouée.

Elle détestait le fait que cela la contrarie.

— Oh non. Il ne va pas s'en sortir aussi facilement. Putain d'enfoiré. Je vais l'écorcher vif pour que les animaux puissent en faire leur festin, déclara Phil en levant le poing.

— Non, tu ne le feras pas.

Même si elle appréciait l'attention. Xavier eut une idée encore plus stupide.

— Tu veux que je te trouve un pot de crème glacée ?

— Je n'ai pas le temps de manger. Nous avons une mission à accomplir.

Il était temps qu'elle se concentre sur celle-ci et non sur l'homme qui l'avait laissée tomber.

— Justement, en parlant de ça... on ne vient pas avec toi.

Elle s'y attendait puisque la mission était aérienne. Mais quand même, c'était un peu brutal.

— Qu'est-ce que vous allez faire à la place ?

— Une autre mission.

— Depuis quand ? Comment ça se fait que c'est la première fois que j'entends ça ?

— On n'a pas le droit de le dire.

Leur réponse habituelle quand le Conseil leur demandait de faire quelque chose de spécial pour eux.

Leur silence fut également accompagné de trois câlins à la fois, l'écrasant de leur amour jusqu'à ce qu'elle grogne :

— J'ai mon doigt sur la gâchette. Qui a envie de perdre un orteil ?

La violence permettait de refouler les larmes de tristesse.

Promettant de mal se comporter, ses frères s'en allèrent. Ce n'était pas vraiment une mauvaise chose qu'ils s'en aillent puisqu'ils avaient tendance à toujours être sur son dos. Mais ça lui avait quand même fait du bien de les avoir dans les parages.

Jaimie trotta vers elle et ne ralentit que lorsqu'elle arriva à ses côtés.

— Putain, il est tôt.

— T'as mangé ? lui demanda Yvette.

Jaimie n'était pas très performante quand elle avait l'estomac vide.

— Oui. Tout le monde est passé prendre quelque chose. Sauf les dragonnes.

Comme elle avait vu la cargaison de vaches en plein air qu'ils avaient relâchées quelques jours plus tôt, elle ne se fit pas de souci pour elles.

— Tu es prête ? demanda Yvette à son amie.

— Ouais.

— T'as peur.

— Ben ouais, bien sûr. Pas toi ?

Yvette mentit, comme toutes les autres fois d'ailleurs, quand elle rétorqua.

— Bien sûr que non, putain.

Elle n'avouait jamais qu'elle avait peur. Elle luttait contre, tous les jours. L'anxiété ne gagnait que si elle la laissait faire. Les gens ne se rendaient pas compte que son assurance demandait beaucoup de travail et de paraître.

Elles s'approchèrent de l'avion et une partie de l'escadron se rassembla sur la piste. Curry cocha les cases de sa liste. Il avait tellement de listes et de sous-listes. Mais elle ne discuta pas étant donné qu'il gérait tout très bien.

— Heureusement qu'il est marié, déclara Jaimie. J'aime quand un homme est organisé.

—Xavier est plutôt ordonné aussi.

Il faisait toujours son lit et ne supportait pas la vaisselle sale. Il n'avait vécu que quelques semaines avec elle avant de déclarer qu'il ne supportait pas son désordre.

— Je me fiche de comment est ton frère.

Yvette ne put s'empêcher de la taquiner.

— C'est bon à savoir. Babette me demandait justement s'il était célibataire. Apparemment, elle a une cousine qui serait parfaite pour lui.

— Ah oui ? dit-elle en prononçant durement chaque syllabe.

— T'imagines des bébés jaguars dragons ? Tu crois qu'ils auront de la fourrure au lieu d'avoir une peau en cuir ?

— Hum. Il faut que je parle au pilote, dit Jaimie en s'éloignant.

Heureusement que Jaimie détestait Xavier. Peut-être qu'après cette mission, Yvette enfermerait Jaimie et son frère dans une pièce ensemble. Pour les forcer à admettre l'amour éternel qu'ils se portaient.

Lorsque Curry leva les yeux de sa tablette et la vit arriver, il tressaillit. Il la salua à moitié, puis se rappela ses ordres et mit ses mains derrière son dos.

— Repos, Capitaine. C'est moi où on est un peu léger au niveau de l'équipage ?

— Le capitaine Jacobs a disparu, tout comme les Silvergraces.

Personne ne savait vraiment comment appeler les dragonnes. Elles n'avaient pas vraiment de grade officiel.

Elle pinça les lèvres.

— Vous croyez qu'elles se sont défilées elles aussi ? dit-elle d'un ton un peu trop sec et Curry grimaça.

— Je vous jure colonelle, je n'aurais jamais cru que le capitaine fuirait. Il avait l'air d'aller tellement mieux.

— J'imagine qu'il nous a bernés.

Soit c'était ça, soit il lui était arrivé quelque chose. Elle n'avait pas le temps de courir et de revérifier les bois.

Elle n'avait pas le temps de faire autre chose qu'une prière rapide.

Alors qu'elle était sur le point d'ordonner la fermeture de l'arrière de l'avion, les femmes Silvergrace apparurent, vêtues de robes légères, avec Jeebrelle qui portait une sorte de robe mousseuse qui s'avérait être en réalité n'être qu'une brume de couleur verte. L'un des cavaliers de l'apocalypse prévoyait donc de faire un tour avec eux ? Ça ne présageait rien de bon.

Elles prirent leur temps pour s'approcher. Ce qui conduit Yvette à tapoter du pied avec impatience.

Adi leva un sourcil.

— Il y a un problème ?

— On était censés décoller il y a deux minutes.

— Alors on volera plus vite, rétorqua Babette avec insolence.

— Qu'est-ce qu'elle fait là elle ? demanda Yvette en pointant Jeebrelle du doigt.

Tant pis si cela paraissait impoli.

— On ne peut pas accomplir notre mission sans elle, déclara Adi en passant devant Yvette pour monter dans l'avion.

— Alors pourquoi n'était-elle pas présente au briefing ?

— Parce que Jeebrelle est notre arme secrète, dit Babs en lui faisant un clin d'œil avant de passer à côté d'elle.

Ce qui conduit Jeebrelle à s'arrêter devant Yvette, la brume de sa robe étant encore plus étrange vue de près – comme cette femme elle-même d'ailleurs.

— Tu peux voler ? lui demanda Yvette.

Sinon, ils allaient devoir changer de plan.

— Ne vous inquiétez pas pour moi. Mon rôle est de vous amener là-bas puis de vous ramener.

— Là-bas, c'est-à-dire où ? demanda-t-elle en reculant assez dans l'avion pour que celui-ci se ferme.

— Un endroit qui n'existe pas, dans lequel on ne peut pas entrer. Un monde à l'intérieur de celui-ci et à la fois non.

— Ça n'a aucun sens, marmonna Yvette alors qu'elles s'approchaient des deux dragonnes assises à leurs places habituelles.

— T'as déjà lu *Voyage au Centre de la Terre* ? demanda Babette en s'accrochant à une sangle pendant que l'avion tremblait et démarrait.

— J'ai vu le film.

— C'est presque la même chose. En résumé, nous allons voyager dans un endroit inaccessible où les règles habituelles – et plus particulièrement la science – ne s'appliquent pas.

— Attends une seconde. Comment ça la science ne s'applique pas ?

La mission venait de prendre une tournure qui ne plaisait pas à Yvette.

— Tu verras, chantonna Babette. Je te recommande de t'accrocher à quelque chose parce que ça va secouer.

C'était peu dire.

Tout bascula et roula. Tout le monde avait les yeux écarquillés, s'accrochant à leur harnais alors qu'ils bougeaient dans tous les sens.

Sauf Jeebrelle. Elle se tenait au milieu de l'avion, parfaitement épargnée par les turbulences. Les bras écartés, la tête en arrière, elle fredonnait, une note qui n'aurait pas dû exister, discordante et pourtant douloureusement belle à la fois. Une brume verte tournoyait autour d'elle. Une lueur jaillissait de ses yeux et de sa bouche.

Un silence tonitruant emplit les oreilles d'Yvette, ce qui était en contradiction avec les bouches ouvertes autour d'elle qui semblaient crier au ralenti. La pression dans sa tête s'intensifia. Ses oreilles se contractèrent, prêtes à cracher de la bouillie de cervelle. Alors qu'elle pensait qu'elle allait soit exploser soit imploser, tout s'arrêta.

Absolument tout.

Les tremblements de ses muscles cessèrent.

La pression dans ses oreilles se dissipa.

Tout le monde ferma la bouche. Elle n'entendit pas un seul mot de leur part.

Puis, les réacteurs s'arrêtèrent.

Oh, oh...

CHAPITRE VINGT-DEUX

En soi, se réveiller n'était pas une mauvaise chose. Mais se réveiller ligoté dans la tente de quelqu'un ? Ce n'était pas ce que préférait Eli.

Quelqu'un avait attaché ses chevilles et ses mains derrière son dos. Le ruban adhésif qu'ils avaient utilisé maintenait aussi ses bras le long de son corps. Il ne pouvait pas se métamorphoser sans se casser une aile. Les enfoirés.

Qui lui avait fait ça ? En ouvrant les yeux, il réalisa que ses ravisseurs avaient placé une cagoule sur sa tête et lui avaient fourré un chiffon dans la bouche. Berk.

Il eut immédiatement envie de le recracher, mais il ne fallait pas qu'il attire l'attention. Il avait d'abord besoin de comprendre ce qui se passait.

Le bruissement de la toile – était-*il* dans une tente ? – précéda les murmures à voix basse. Des voix qui lui étaient familières et qui se disputaient.

— Maman va nous tuer quand elle apprendra qu'on a laissé le bébé partir tout seul.

Le bébé ? Yvette n'aurait pas apprécié que Phil l'appelle comme ça.

— On n'avait pas le choix. Tu as entendu ce qu'a dit la dragonne jaune, répondit Owen.

Et pour finir en beauté, Xavier – avec un soupir indulgent – dit :

— Je ne vois pas comment on aurait pu avoir le choix quand son mari le démon nous a dit qu'il nous tuerait si l'on désobéissait à sa femme.

— À vrai dire, ses mots exacts étaient : Je vous enfoncerai un bâton dans le cul jusqu'à ce qu'il sorte de votre bouche et je vous ferai rôtir sur le feu, le corrigea Phil.

— Comme le faisait Tante Jean à Noël avant que Maman et elle ne se disputent. Ça me manque quand elle me tapait sur la main dès que je prenais un morceau, ajouta Owen.

— Tu avais pris une jambe entière ! s'exclama Phil.

— J'étais un adolescent en pleine croissance ! se défendit Owen.

Pendant qu'ils se disputaient, Eli en profita pour recracher le bâillon.

— J'ai toujours su que je finirais en enfer un jour. Mais je ne m'attendais pas à ce que le diable s'en prenne personnellement à moi, se lamenta Owen, ce qui n'avait aucun sens.

— Mieux vaut le Diable que sa femme. Le culot qu'a ce type pour demander à des panthères puissantes d'obéir à un canari, geignit Phil.

Des dragons jaunes. Des démons. Le Diable. Et maintenant, un canari ? Eli devait avoir des hallucinations auditives. Sûrement dues au manque d'air.

— Arrête de pleurnicher, putain, s'agaça Xavier. On a une mission à accomplir.

— Une mission qui requiert soi-disant sa présence ?

Phil ne se retint pas d'être insultant ni de lui donner un petit coup avec son orteil.

Avec un dernier mouvement de ses lèvres et de sa mâchoire, Eli recracha le bâillon et grogna :

— Quelqu'un peut m'expliquer ce qui se passe, putain ?

Le silence régna durant quelques secondes, puis Owen chuchota :

— Je croyais que lorsque tu mettais un sac sur un oiseau il s'endormait ?

— Combien de fois est-ce qu'on t'a laissé tomber sur la tête étant petit ? rétorqua Eli.

Xavier se mit à glousser.

— Ça me fait mal de le dire, mais je l'aime bien.

— Moi non. Il se tape notre sœur, râla Phil alors qu'on enlevait le sac qu'Eli avait sur la tête.

Ses yeux d'aigles firent rapidement le point sur la situation. Les trois frères étaient là, sauf Yvette.

Plus inquiétant encore : il faisait jour dehors.

— Dites-moi qu'ils ne sont pas encore partis, dit Eli, testant la résistance du ruban adhésif qui l'immobilisait.

Xavier haussa les épaules.

— Ils sont partis, il y a environ une heure.

— Une heure ? gémit Eli.

Il n'arriverait jamais à les rattraper.

— N'aie crainte, dit une voix vibrante. Tu ne seras pas en retard à ce rendez-vous très important. Sauf si tu n'y vas pas, bien sûr. Ce qui se produira, j'en suis sûre, dans un univers alternatif de Schrodinger. Après tout, si l'on ne te voit pas sauver le monde, est-ce car tu as en réalité porté du blanc après Labor Day[1] ?

Ce discours étrange précéda l'arrivée d'une femme à l'expression lumineuse, vêtue de la tenue de combat et de camouflage la plus laide qu'il ait jamais vue, avec des motifs jaunes et blancs éclatants.

Aussi subtil que... Non, à vrai dire, rien ne lui venait à l'esprit. Parce que sa tenue criait : « *Regardez-moi une fois et vous aurez envie de vous planter quelque chose dans l'œil* ».

Cela ne semblait pas déranger l'homme qui se tenait aux côtés de cette femme folle.

Le grand type menaçant donna envie à Eli de se transformer et de déployer ses ailes en poussant un cri d'intimidation. Les frères ne paraissaient pas intimidés, car ils ignorèrent le mec costaud et s'adressèrent à la femme en jaune.

— Salut, Elspeth, la salua Owen.

Elspeth tapa dans ses mains.

— Ça fait tellement plaisir de vous voir les garçons. Heureusement que Phil a choisi de porter des chaussettes assorties ce matin, sinon on aurait eu de gros ennuis, dit-elle en rigolant.

Ce qu'elle disait n'avait toujours aucun sens.

L'air perplexe d'Eli n'avait pas dû passer inaperçu car Xavier se pencha vers lui pour lui murmurer :

— Elspeth voit les futurs.

Au pluriel.

Son inquiétude ne s'atténua pas. Ils n'allaient quand même pas obéir aux ordres d'une folle qui n'avait aucun sens du style, si ? Comme si elle l'avait entendu, Elspeth le regarda droit dans les yeux et lui dit :

— Bonjour, Eli. Sais-tu que pas un seul scénario de cet instant n'a eu d'issue différente ? Je les ai tous vus, et dans chacun d'entre eux, quelqu'un mourait. Pour certains, vous mouriez tous. Certains futurs ne peuvent être changés.

Aucun doute sur ce à quoi elle faisait référence. Il resta abasourdi, et en même temps, il fut soulagé. Il s'était souvent demandé comment il aurait pu changer les choses pour que personne ne meure. Mais le fait de savoir que c'était prédestiné lui fit éprouver une sorte d'humilité.

— Si tu peux voir le futur, alors que se passe-t-il ensuite ? demanda-t-il.

— Il faut que tu fasses quelque chose d'épique !

— Moi ?

— Tu es sûre que tu t'adresses à lui ? intervint Phil.

— Oui, je parle bien d'Eli ! Il va être son héros, annonça Elspeth en tapant dans ses mains.

Son cœur s'arrêta.

— Yvette est en danger ?

— Qu'est-ce qui ne va pas avec Ivy ? demanda Xavier comme un écho.

Elspeth pencha la tête sur le côté et il eut l'impression qu'elle fixait quelque chose qu'aucun d'entre eux ne pouvait voir alors qu'elle réfléchissait à voix haute.

— Tu as intérêt à te dépêcher si tu veux manger sa fumée.

— Tu veux dire mordre la poussière plutôt non ? la corrigea Owen.

Le petit sourire d'Elspeth fut malicieux quand elle leur dit :

— Le haut est le bas et le bas est le haut, il n'y a pas de début ni de fin, et à la fin, souviens-toi des chaussons de rubis.

Sur ce, la femme embrassa le grand type qui était resté immobile tout le long et dit :

— On se voit au dîner, mon délicieux démon.

C'était plutôt rassurant, car cela voulait dire qu'ils reviendraient.

Moins rassurant en revanche ? Le grand type se transforma soudain et pas en quelque chose de normal qu'Eli pouvait affronter. Il faisait face à une sorte de contrefaçon de Lucifer avec des cornes et tout. Avec de grandes ailes et des yeux bleus brillants.

— C'est quoi ce bordel ? s'exclama Phil.

Eli faillit lui faire écho. Lui qui ne croyait pas aux démons en avait finalement un sous ses yeux. Il se demanda s'il était défoncé. Puis il eut envie d'un verre. D'une bouteille entière à vrai dire.

Le démon les regarda et dit d'une voix râpeuse :

— Et dire que vous êtes le seul espoir de cette planète.

— J'emmerde la planète. Je veux juste sauver Yvette.

Le démon tourna les yeux vers lui.

— N'échoue pas et ne déçois pas ma femme. Si elle est contrariée, tu mourras. Haché dans un ragout avec des pommes de terre et du bouillon. Et peut-être un peu de poivre. De l'ail.

Le Diable secoua la tête.

— Finissons-en pour que je puisse rentrer chez moi et manger un bon dîner.

Mais Eli avait un problème.

— Il faut que quelqu'un me libère.

— Désolé, j'ai pas apporté de couteau.

Les frères sourirent et haussèrent chacun les épaules à l'unisson.

Le démon soupira.

— Le monde est manifestement condamné. Je parie qu'Ellie est à la maison en train d'emballer nos affaires.

Le démon se pencha en avant, sortant les griffes et Eli se figea sur place. Il retint son souffle alors que le type découpait le ruban adhésif qui le retenait prisonnier. Alors qu'il se levait, étirant ses membres pour faire circuler le sang, le démon tendit les bras et se mit à fredonner un putain de chant bizarre.

Pendant qu'Eli se massait les poignets, il marmonna :

— Est-ce qu'on a vraiment le temps d'écouter la prière du Diable ?

— Mon nom est Luc, sac à viande. Et oui, c'est nécessaire. Alors, tais-toi ou je procède à la version plus sanglante.

Eli se tut, mais regarda ce qui se passait autour de lui, avec les frères qui enfilaient les sangles de sacs à dos modifiés avec des silencieux accrochés en bas et des grilles pour la ventilation au milieu. Ils s'équipèrent également de couteaux et pistolets. Xavier tenait même une arbalète dans sa main.

— Est-ce que vous savez à quoi vous attendre ? demanda Eli.

— À du danger ! déclara Owen.

Ce n'était pas l'information la plus utile.

— Peu importe. On ferait mieux d'y aller non ?

— Oui. Dans une seconde. Dès que Luc a terminé.

— Terminé quoi ? demanda Eli, s'étonnant de cette brise étrange qui faisait soudain irruption dans la tente.

— Tu crois en la magie ? hurla Phil alors que le démon clappait des mains et qu'un trou noir et chatoyant s'ouvrait.

Le « *non* » d'Eli fut aspiré par celui-ci. Il cria :

— C'est quoi ce truc, bordel ?

— Notre entrée vers la zone de danger, expliqua Owen en mettant des lunettes de protection.

— Vous n'êtes pas sérieux. Je ne vais pas là-bas moi.

Entrer par une brèche spatiotemporelle ne promettait pas une belle et longue vie.

— Alors, reste poulet. Nous, nous allons sauver Ivy.

Phil réajusta ses lunettes et tapota la sangle de son sac.

— Je suis prêt, c'est quand vous voulez.

Un cri auquel les frères répondirent par l'affirmatif.

— Pour aller où ? demanda Eli.

Ce fut le Diable qui lui répondit.

— Vers un lieu sans substance.

Eli ne comprit pas ce que cela signifiait jusqu'à ce qu'il suive les frères à travers cette brèche et se retrouve au milieu d'un ciel sans fin.

---

1. Labor Day, le premier lundi de septembre, est la fête du travail aux États-Unis et d'après la tradition, après ce jour, il ne faut plus porter de blanc jusqu'à l'arrivée de l'été.

CHAPITRE VINGT-TROIS

Quand les réacteurs lâchèrent, Yvette paniqua pendant une demi-seconde. Puis elle aboya des ordres :
— Préparez l'évacuation d'urgence !

Ce qui incluait leur pilote, un aigle à la retraite qui ne s'éjecterait que s'il ne pouvait pas faire atterrir l'avion en toute sécurité.

Ce ne fut que lorsque tout le monde se mit en mouvement qu'elle remarqua qu'il y avait quelque chose d'étrange. Premièrement, personne n'avait de mal à se déplacer. Deuxièmement, ils flottaient, comme si la gravité avait cessé d'exister. Et troisièmement, malgré les réacteurs éteints, ils n'étaient pas vraiment en train de tomber – d'où son observation sur la gravité. Mais le plus inquiétant, c'était que tous les appareils électroniques à bord avaient grillé. Les oreillettes. Les mécanismes qui avaient besoin d'électricité telles que les commandes pour ouvrir l'arrière de l'avion. À la place, ils actionnèrent la valve de pression comme sortie de secours.

Ce ne fut que lorsqu'elle glissa sur le côté qu'Yvette se tint devant l'encadrement et tressaillit.

— Mais on est où, bordel ?

Adi la rejoignit et dit :

— Pas sur Terre, en tout cas.

— Sans blague, Sherlock, rétorqua Babette qui jeta un coup d'œil derrière Yvette, ça me rappelle l'Olympe, déclara-t-elle.

Yvette comprenait pourquoi. De beaux bâtiments flottaient dans l'air, avec des volutes de nuages, des sortes de poches de masses cotonneuses plus épaisses en mouvement. C'était un royaume dans le ciel, sans aucune route pour relier quoi que ce soit – simplement de l'air.

Pas étonnant qu'ils n'aient jamais eu de carte pour leur mission. Il s'agissait d'un nouvel endroit. Un endroit excitant. Inexploré. Pas pour longtemps !

Moins anxieuse que tout à l'heure puisque leur pilote semblait les faire voler sans problème sur les courants d'air, elle retourna à l'intérieur et hurla :

— En rang !

Les membres de son équipe s'étaient déjà débarrassés de leurs vêtements et affaires non essentielles. Ils étaient prêts à partir. Curry tapota son oreille.

— Colonelle, les fréquences sont mortes.

— Alors on fait ça à l'ancienne. Vous savez ce qui doit être fait. Suivez votre instinct.

— Je suppose que l'objectif reste le même ? dit Curry.

Ce fut au tour de Babette de déclarer :

— Trouvez la boîte. Sauvez le monde.

— Et où est cette boîte ? demande Curry.

— Pff, ben dans un lieu qui fait tout son possible pour

nous empêcher d'y accéder, évidemment, ricana Babette. Prem's sur la partie la plus dangereuse.

Yvette tourna la tête vers Jeebrelle.

— Quelque chose à ajouter ?

— Nous n'avons pas beaucoup de temps avant que la brèche vers ce monde ne se referme.

— Ce qui veut dire quoi, exactement ?

— Si nous n'agissons pas rapidement, alors nous serons coincés ici jusqu'à ce que les mondes s'alignent à nouveau.

— Combien de temps ?

Jeebrelle pencha la tête sur le côté.

— En années terrestres ? Pas beaucoup. Mais le temps évolue différemment ici. Donc, quelques années sur Terre peuvent être un siècle dans cet endroit.

Un siècle ? Elle serait morte d'ici là. Ce qui voulait dire qu'ils avaient intérêt à ne pas déconner.

Yvette observa son escadron. Ils étaient effrayés et pourtant pleins d'adrénaline.

— Tout le monde est prêt ?

— Allons sauver le monde ! hurla Babette en plongeant la première.

Les autres la suivirent rapidement.

Yvette fut la dernière alors qu'elle vérifiait comment allait le pilote qui leva un pouce en l'air.

— Je gère, Colonelle. Je vais essayer de trouver un moyen de faire demi-tour.

Et si l'avion n'y parvenait pas ? Elle espérait que Jeebrelle avait un moyen de les ramener chez eux et qu'ils finiraient leur mission à temps.

Elle se tint face à la porte et siffla pour avertir Jaimie

et attendit qu'elle hennisse en retour avant de sauter. Tout ne se passa pas comme prévu étant donné qu'elle ne tomba pas. Mais elle ne resta pas immobile non plus. Prise dans un courant d'air, elle se mit à flotter, le problème étant qu'elle ne pouvait pas contrôler où et quand une brise transversale allait la faire basculer. Elle tournoya assez pour se sentir étourdie avant de reprendre le contrôle.

Ce ne fut qu'une fois qu'elle comprit comment surfer sur les courants d'air qu'elle put observer l'endroit dans son intégralité, entièrement composé de ciel et de nuages avec des bulles d'eau et quelques morceaux de roche, certains moulés de façon complexe. Et solides. Elle ne put rien faire pour stopper ce courant qui décida de la faire s'écraser contre une pierre taillée représentant le visage d'une créature avec trois yeux et un museau. Elle s'accrocha au nez pendant un moment, l'air environnant la tirant dans tous les sens, la défiant de s'envoler à nouveau.

Où était Jaimie ? Elle jeta un coup d'œil par-dessus son épaule et vit son escadron éparpillé un peu partout, telles des taches dans le ciel apprenant à naviguer dans ce monde étrange avec ces courants d'air entrecroisés.

Elle escalada le visage de la statue jusqu'à ce qu'elle se pose sur sa tête plate et regarde autour d'elle. Où étaient-ils censés aller ? Examinant les alentours, elle remarqua que le même genre d'éléments flottaient partout, sauf vers un endroit, assez dangereux, où un champ de morceaux de roche déchiquetée tournoyait sur lui-même. Elle n'eut pas besoin de beaucoup réfléchir pour comprendre que c'était là qu'elle devait aller. Mais comment ? Elle n'était pas apte à naviguer dans ces courants d'air. Elle n'avait jamais autant regretté de ne pas avoir d'ailes.

Heureusement qu'elle avait une amie qui pouvait la transporter. Jaimie apparut soudain, trottant sur la brise, la crinière au vent, hennissant d'un air joyeux. Repérant Yvette, elle se dirigea vers elle, et pour la première fois dans le ciel, son amie put courir comme si les courants étaient un chemin sur lequel galoper. Jaimie hennit à nouveau en s'approchant et Yvette se prépara.

C'était grâce à des années d'entraînement qu'Yvette sauta sur le dos de Jaimie, attrapant la tresse qu'elles avaient préparée à l'avance pour cette mission. Elle s'agrippa aux côtes du cheval avec ses jambes et traîna ses fesses vers le bas. Ses genoux enserrèrent Jaimie sur les côtés. Elle était de retour en selle et en mission. Les membres de son escadron l'encerclèrent pendant que les dragonnes argentées filaient vers l'avant, contournant les objets en mouvement dans ce ciel sans fin. Cet endroit avait-il un sol au moins ? Un haut et un bas ?

Avec un simple petit coup vers l'avant, elles se dirigèrent vers le champ de débris. Levant une main en l'air, elle leur fit signe d'aller vers la gauche. Le vol quatre s'éloigna pour aller vérifier la zone dans cette direction. Elle leva la main droite et le troisième vol partit enquêter sur le côté. Curry, son équipier et Lavoie, qui n'avait pas le sien puisque Eli ne s'était pas présenté, restèrent avec Yvette.

Les oreillettes électroniques ne fonctionnaient toujours pas. Tout comme leur avion et Yvette se demanda ce que les dragonnes savaient déjà d'avance.

Son humeur se dégrada lorsqu'elle réalisa qu'elles l'avaient laissée dans l'ignorance.

Comme si ses pensées les attiraient, une dragonne vert pâle vint planer juste au-dessus d'eux.

Jeebrelle lui parla sans utiliser de mots à voix haute, mais par télépathie, ce qui était pour le moins surprenant.

— *Ça ne prendra que quelques minutes de vol avant que l'on n'atteigne notre destination.*

Yvette parla à voix haute pour lui répondre.

— Ça vous aurait tué de m'en parler avant ou quoi ?

— *Est-ce que tu m'aurais cru si je t'avais dit que nous nous rendions sur une autre planète ?*

Probablement pas. Seulement, elle aurait aimé avoir cette option.

— C'est quoi le plan maintenant ? Où est-ce qu'on va ?

— *Ça n'a pas changé. Il faut que l'on retrouve la boîte et rapidement pour ne pas rater la brèche qui nous ramènera sur Terre.*

Mais ce qui n'avait pas de sens pour Yvette c'était que s'il était si difficile d'accéder à cet endroit, pourquoi ne pas y laisser la boîte ? N'était-elle pas justement plus en sécurité dans un endroit où personne n'y avait accès ?

Les débris, d'abord éparpillés, étaient désormais un champ de mines denses avec des éclats d'obus. Les morceaux de roche brisée variaient en taille et même s'ils étaient détruits, il était facile d'identifier ce qu'ils avaient été autrefois. Des statues brisées de créatures avec des mains à trois doigts, peut-être même une sorte de banc.

Si l'on faisait attention, il était facile d'identifier les chemins périlleux. Jaimie se faufila à travers les débris et tout aurait pu bien se passer si ce qu'il y avait devant eux ne s'était pas soudain mis à miroiter.

— *Portail en approche !* hurla mentalement Jeebrelle.

Deux silhouettes en émergèrent, l'une d'entre elles était corpulente avec des tresses flottant sur la tête, l'autre était plus mince. Elles chevauchaient toutes les deux des tapis. Mais ce qui était le plus effrayant, c'était qu'elles semblaient être faites de fumée.

Des génies.

Oh, merde. Ils avaient de la compagnie. Il fallait qu'ils soient prudents. Yvette siffla trois fois d'un ton strident – leur code indiquant un *danger* – en espérant que son équipage l'entende.

En tout cas, ce fut le cas pour les génies qui se dispersèrent. Essayaient-ils de prendre de l'avance ? Ou bien préparaient-ils une embuscade ? Ils ne pouvaient pas les laisser mettre la main sur la boîte.

Elle se pencha sur le cou de Jaimie et son amie prit de la vitesse. Leur course à travers les roches s'avéra traître et il fut difficile de naviguer. Alors, bien évidemment, les génies les attaquèrent pour leur compliquer la tâche. Le seul avertissement qu'Yvette perçut avant l'embuscade fut un flash rouge et soudain quand un tapis émergea de derrière un rocher.

Elle serra les genoux pour donner le signal et Jaimie dévia, ce qui, sur Terre, aurait forcé Yvette à s'accrocher de toutes ses forces pour ne pas tomber ; mais ici, comme il n'y avait pas de gravité elle n'était pas obligée de compenser. Elle sortit un pistolet et d'une main, s'accrochant à la crinière, elle tira. Elle toucha le tapis et le perfora, mais cela n'affecta pas la fumée.

— *Seule la Lance Divine peut les blesser*, déclara Adi en passant, ouvrant la bouche pour souffler du givre argenté.

Sauf que le génie était déjà parti.

— Alors comment pouvons-nous les arrêter ? hurla Yvette alors que le génie et sa monture en tissu réapparaissaient à temps pour heurter Thomas qui s'écrasa contre un rocher avant de parvenir à s'enfuir.

— On ne peut pas. Alors pendant qu'on les retient, allez chercher la boîte.

Au fond, Yvette aurait préféré rester et se battre, elle devait mettre son ego de côté pour la mission. Si elle avait la boîte, soit les génies partiraient car ils auraient perdu, soit ils la pourchasseraient pour la récupérer. Ce dernier point étant problématique puisqu'elle n'avait rien à sa disposition qui puisse les blesser.

Merde.

— Où est la boîte ? demanda-t-elle à voix haute.

— *Dans la cathédrale.*

Avant qu'elle ne puisse demander bêtement de quelle cathédrale elle parlait, elles quittèrent le champ de pierre pour pénétrer dans un immense espace ouvert. Au centre, quelque chose scintillait et elle se demanda d'où provenait la lumière dans cet endroit. Elle ne voyait ni soleil, ni étoile, ni aucune source d'éclairage.

— Dirige-toi vers cette chose brillante, murmura-t-elle, se penchant vers l'oreille de Jaimie.

Alors qu'elles volaient devant, tous les autres restaient derrière pour jouer au chat et à la souris avec les génies qui lançaient des missiles sur son escadron sans tuer personne.

Le génie corpulent repéra Yvette qui se dirigeait vers cette chose brillante qui se transforma soudain en château. Il était splendide, sans haut ni bas, en forme de sphère, avec des tours qui partaient dans toutes les directions. Des tours avec des fenêtres et des balcons. Des jardins de terrasse luxuriants, sauvages et envahis par la végétation, débordant par-dessus bord avec des cascades qui coulaient de haut en bas et sur les côtés également. Une vision magnifique comme elle n'avait jamais pu en imaginer. Mais aucun signe de vie. Rien du tout, pourtant, elle ne s'était jamais autant sentie en danger.

Jetant un regard par-dessus son épaule, elle vit que le génie la rattrapait. Mais c'était le cadet de ses soucis. Le problème, c'était que le bâtiment lui tirait dessus !

De grandes boules de feu blanches sifflaient en passant à côté d'elles et alors que Jaimie esquivait les sphères de lumière, Yvette comprit d'où venaient les projectiles. Cette maudite chose se protégeait. Jaimie se rappela leur entraînement et se mit à zigzaguer. Le génie qui essayait de les rattraper, continua d'aller tout droit et se fit tirer dessus.

Elles ne ralentirent pas, mais visèrent la plateforme près des escaliers. Ça semblait être un atterrissage facile. Les sabots de Jaimie s'écrasèrent d'un bruit sec et elle hennit de douleur quand la pesanteur s'installait à nouveau. L'impact inattendu fit voltiger Yvette, mais elle avait déjà fait de nombreuses culbutes auparavant et savait comment se réceptionner.

Elle heurta le sol plus durement que ce qu'elle n'aurait voulu, mais se redressa, son corps lui paraissant soudain lourd après la sensation de légèreté de tout à l'heure. Mais son nouveau poids ne dura que quelques secondes avant que le sol ne s'incline et que la gravité ne s'inverse soudainement !

Jaimie donna des coups de pied inutiles alors que son corps s'élevait du sol, tandis qu'Yvette s'accrochait à la balustrade qui avait désormais plus de sens. Elle grogna en se traînant jusqu'à la grande arche sans porte. Dès l'instant où elle passa son corps à travers, la gravité s'inversa à nouveau et elle tomba par terre.

Elle s'autorisa à prendre trois grandes inspirations avant de se remettre debout. Elle se retrouva dans un couloir long, blanc, étroit et légèrement incurvé qui l'empêcha de voir arriver la menace dans l'angle jusqu'à ce que celle-ci rugisse et ne crache quelque chose qui vola vite et fort. Elle l'esquiva et la boule de bave heurta le mur où elle resta collée et brûla.

— Grrrr !

Le monstre avait un corps gonflé, couvert de petites bosses et qui pulsait, laissant derrière lui une trace de bave tout en se glissant vers elle. Pas de bras. Pas de jambes. Mais il avait une sorte de tête.

Elle tira une balle qui le toucha entre ses trois yeux. Il tomba par terre, tout comme les deux monstres qui le suivaient. Et pourtant, le couloir en spirale continuait d'avancer. Alors que, logiquement, les virages auraient dû être de plus en plus serrés, au contraire le couloir s'élargissait. Elle ne fut pas entièrement surprise quand le centre de cet étrange labyrinthe s'agrandit pour laisser place à une pièce immense en forme de sphère. L'étrange gravité qui y régnait lui permit de marcher tout autour sans tomber au centre.

Sans surprise, la boîte inoffensive que tout le monde convoitait se trouvait au milieu. Elle était faite de bois et l'extérieur était sculpté. Elle était à peine plus grosse que sa main. Difficile de croire qu'elle était assez solide pour contenir quoi que ce soit, et encore moins un génie.

Il était impossible de l'atteindre. Elle planait trop haut. En sautant, elle ne s'éleva que de quelques mètres avant que la gravité ne la ramène au sol.

C'est alors qu'elle eut une idée pas si brillante que ça.

Tire-dessus. Son plan : déloger la boîte avec une balle, la poussant assez loin pour que la gravité l'aspire vers le sol où elle pourrait l'attraper.

Cela ne fonctionna pas comme elle l'aurait espéré. La balle frappa la boîte, qui ne bougea pas, mais y laissa un trou depuis lequel s'échappa un peu de fumée.

Elle ne paniqua pas vraiment jusqu'à ce que le nuage épais ne se transforme soudain en une paire d'yeux menaçants et qu'une voix crie :

— Je suis libre !

CHAPITRE VINGT-QUATRE

À la grande surprise d'Eli, plonger dans le trou noir créé par le démon s'avéra moins éprouvant que prévu. Mais c'est l'endroit où il atterrit qui faillit lui provoquer une crise cardiaque.

Il passa de l'intérieur d'une tente à un grand ciel ouvert – sans rien sous ses pieds.

— Oh bordel ! hurla-t-il en déchirant son tee-shirt.

Il enleva ses bottes, mais elles ne tombèrent pas comme il s'y attendait. Au contraire, elles lui fouettèrent le visage, prises par un courant.

Il était encore en train de cligner des yeux quand il se transforma, déchirant son pantalon. Il battit immédiatement des ailes, à moitié paniqué. Après tout, les objets qui tombaient finissaient toujours par heurter le sol, même s'il ne le voyait pas.

Sauf qu'il n'était pas vraiment en train de tomber et il ne voyait aucun morceau de terre plat et solide, seulement des îlots au milieu d'un ciel sans nuages. Une multitude de courants en mouvement le maintenaient en l'air sans effort. Un aigle pouvait planer éternellement sur ces courants d'air dont la vitesse changeait sans cesse. Même des métamorphes qui ne pouvaient pas voler et portant des jet-packs qui pouvaient les faire changer de direction auraient pu facilement se déplacer.

Owen passa à côté de lui en criant :

— Yahoo !

Leur excitation était compréhensible, cet endroit était un véritable paradis pour les aigles. Tenez, par exemple, il y avait là-bas un rocher avec quatre tours parfaitement équilibrées, un nid parfait pour un aigle s'il souhaitait se reposer.

Non loin de l'habitation idéale, tournant en rond, se trouvait un point d'eau qui se déversait d'avant en arrière avant de se jeter dans un autre étang. Y avait-il des poissons là-dedans ?

Avant qu'il ne puisse s'envoler pour aller voir ça de plus près, une silhouette sombre attira son attention. En jetant un coup d'œil sur le côté, il vit le démon s'arrêter à côté de lui.

— Nous avons à peine dévié de notre route, déclara Luc. Suis-moi.

Quand le démon s'apprêta à repartir, Eli recula.

Il poussa un cri, que seul un autre aigle aurait pu comprendre, mais Luc lui répondit comme s'il avait compris sa question.

— Nous sommes actuellement au milieu de nulle part. La vie qui existait ici a été détruite à cause de la gourmandise et de la cupidité de ceux qui souhaitaient vivre pour toujours.

Eli fit claquer son bec.

— Non, ce mal, qui a éradiqué des sociétés entières, n'est plus. Je m'en suis assuré. Mais évidemment, il a fallu que quelque chose d'autre le remplace et il faut que nous l'arrêtions, dit Luc avec un grognement sourd. Vole vite, nous n'avons pas beaucoup de temps.

Eli aurait pu croasser d'autres questions s'ils n'étaient pas soudain entrés dans un véritable champ de mines de débris. Des pièces et morceaux brisés en rotation, puis peu de temps après, de véritables missiles puissants.

Il dut beaucoup zigzaguer et tourner. Même s'il essayait de repérer les frères, sa principale préoccupation était de suivre le Diable.

Ça lui manquait de ne plus avoir d'oreillette pour obtenir des informations. Ils étaient partis si rapidement qu'il n'avait pas eu le temps d'en mettre une. Il ne pouvait compter que sur son instinct.

Est-ce que cela suffirait ?

Une fois qu'ils eurent traversé le champ de débris, ils arrivèrent dans une zone dégagée où une sorte de temple sphérique se trouvait au centre. Celui-ci l'attirait. Il avait envie de s'y rendre, mais la prudence le retint et le fit hésiter lorsqu'il remarqua que des silhouettes volaient autour du bâtiment.

C'était l'escadron. Ils volaient en petits groupes, s'attaquant à ce qui semblait être des créatures de fumée sur des tapis.

Putain de génies.

Maintenant, il avait tout vu.

L'escadron ne semblait pas pouvoir faire autre chose que repousser les génies qui se battaient avec des cimeterres.

Alors qu'il était sur le point de voler à leur secours, le démon se positionna soudain devant lui, une grande créature avec des ailes énormes et un regard féroce.

— Tu ne peux pas les combattre.

Le grognement d'Eli exprima sa frustration. Qu'était-il censé faire d'autre ?

— Il faut que tu entres à l'intérieur. Elspeth a dit que tu voudrais aider la fille.

Ses paroles le figèrent sur place. Parlait-il d'Yvette ? Il avait rapidement vu Jaimie et avait cru qu'elle avait son destrier. Mais il n'avait eu qu'un bref aperçu. Jetant un second coup d'œil, il vit que son dos était nu.

Il fixa à nouveau le temple du regard et comprit pourquoi ce dernier l'attirait.

Yvette était à l'intérieur et elle avait besoin de lui.

Qu'est-ce qu'il attendait ?

— *Scriii ! Scriii !*

Ce qui voulait dire : *Je vais aller chercher Yvette. Je te laisse gérer les génies.*

— La seule chose que l'on puisse faire c'est de les retenir ou de les diviser en plus petits morceaux. Ils ne peuvent jamais être complètement détruits.

Une déclaration qui était assez inquiétante. Eli se dirigea vers le temple et eut droit à un spectacle de laser alors que la lumière filait vers lui. Zig. Zag. Ce n'était pas parce qu'il devait faire vite qu'il pouvait négliger les bases apprises en entraînement lorsque l'on attaquait.

Alors qu'il s'approchait du temple, il admira l'architecture, les tours qui s'élevaient de façon égale, bordées de fenêtres, les plus grandes ayant également des terrasses faites pour l'atterrissage.

Il se dirigea vers l'une d'entre elles, en pierre grise avec un motif à spirales. Il se positionna en haut en planant avant de descendre au centre. Dès l'instant où ses serres heurtèrent le sol de la terrasse, la gravité revint et il se transforma. Pas volontairement. Il écarquilla les yeux de surprise. Que venait-il de se passer ? En tout cas, ça lui donna la chair de poule. Il avait envie de quitter cet endroit. Un lieu silencieux qui semblait hurler à la fois. Il n'avait pas besoin de lire un livre d'histoire pour savoir qu'un drame s'était produit ici.

Il faut que je retrouve Yvette. Si la prédiction d'Elspeth était correcte, alors elle se trouvait bien à l'intérieur.

Passant par la fenêtre, il se retrouva dans un couloir avec un sol et des murs lisses et immaculés, mais pas une seule fenêtre en vue, même s'il savait qu'elles bordaient la tour.

Il n'aimait pas ça. Il y avait quelque chose d'étrange dans l'air. Un soupçon de mort. Une odeur d'épice. De la fumée. Ainsi qu'un sentiment d'anticipation.

Son arrivée avait été remarquée.

Dépêche-toi.

Eli courut, le couloir et ses virages devenant de plus en plus larges. Les monstres sur son passage étaient déjà morts. Tués par balle et il était prêt à parier qu'il savait qui avait tiré.

Une partie de lui avait envie d'appeler Yvette en criant pour qu'elle lui réponde. Mais ce serait stupide et dangereux pour eux deux. Apparemment, tout n'était pas mort dans cet univers et il espérait arriver par surprise.

Quand le couloir s'arrêta brutalement il tituba et s'arrêta d'un coup. La pièce dans laquelle il entra était sphérique. Partout où il marchait, la gravité suivait. Heureusement, car il venait de retrouver Yvette. Un ruban de fumée qui semblait la serrer enveloppait son corps.

— Lâche-la ! cria Eli, probablement très effrayant – nu, les couilles et la bite qui rebondissaient, le poing en l'air.

Ouais, le génie qui avait capturé Yvette allait trembler de peur.

Tu parles.

Le ruban de fumée prit la forme d'un Y et la nouvelle branche forma un visage. Pas du tout flippant.

— Attends ton tour, dit-il. Ça fait longtemps que j'attends que de nouveaux spécimens immigrent vers mon monde et je ne souhaite pas que l'on me presse pendant que je les digère.

Les choses prenaient une tournure maléfique. Mais il ne pouvait pas partir.

— J'ai dit, lâche-la !

Eli fit un pas en avant, le menaçant avec ses poings.

Le génie éclata de rire. Tout son corps de fumée tremblait tellement il était hilare, même sa queue tendue. Tiens, regardez-moi ça. La queue semblait sortir du trou, récemment formé, d'une boîte qui planait au milieu de la pièce.

Étant donné que la brèche paraissait récente, il supposa qu'Yvette en était l'auteure. Il fallait qu'il soit rebouché pour contenir le génie à l'intérieur. Mais comment ? Il n'avait rien à fourrer dans le trou – à part son sexe qu'il n'était pas encore prêt à sacrifier. Il n'avait pas d'autre récipient non plus.

Le ruban de fumée recouvrait désormais la partie inférieure du visage d'Yvette.

Il manquait de temps et comme pour le narguer, le génie émit un gémissement satisfait et frissonna.

Disposant d'une fraction de seconde à peine pour agir, Eli se transforma et s'élança dans les airs. Il devait faire un choix : essayer de libérer Yvette ou aller récupérer la boîte. S'il écoutait son cœur, il préférait la première option, mais le soldat en lui savait que pour la sauver, il fallait qu'il s'occupe de ce maudit génie.

Atteindre la boîte s'avérait difficile. C'était comme voler dans la mélasse, chaque battement d'ailes étant un effort considérable. Alors qu'il approchait du but, le bout de ses plumes fendit la fumée et le génie se plaignit.

— Éloigne-toi de là.

Le fait qu'il refuse de le laisser saisir la boîte l'incita encore plus à poser ses serres dessus. C'est là que le génie décida de s'en extirper pour de bon. La queue de fumée qui s'agitait se libéra au moment où Eli attrapait la boîte avec son bec. Cette sensation d'épaisseur qui régnait dans l'air disparut et ses ailes puissantes le projetèrent assez près pour que la gravité le tire de l'autre côté.

La boîte s'écrasa par terre en tombant, tout comme son visage. Après avoir repris ses esprits au bout de quelques secondes, il réalisa que c'était ses joues qui étaient contre le sol et non son bec.

Encore ? Putain. Si ça continuait, il allait finir par être trop épuisé pour faire quoi que ce soit. Son corps tremblait déjà de fatigue à cause des transformations rapides.

Il se releva péniblement et vit Yvette, non loin de lui,

agrippant la fumée qui essayait de s'enrouler autour d'elle. Une bataille perdue d'avance et pourtant, elle était déterminée.

Eli la rejoignit saisissant à son tour la fumée, qui avait une texture spongieuse. S'il serrait trop fort, sa main passait au travers. Mais le pire dans tout ça ? C'était que le génie jouait avec eux, rigolant tout le long. Combien de temps leur restait-il avant qu'il ne s'ennuie et ne les tue ? Il fallait que ça cesse. Mais comment Eli pouvait-il capturer le génie ? Ils n'avaient rien pour le retenir.

Les tentacules qui essayaient de s'accrocher à Eli lui firent penser à des vers, ce qui lui rappela que les rouges-gorges aimaient bien les manger.

Cela l'amena à se souvenir d'une histoire qu'il avait lue sur la façon dont certaines mules faisaient passer de la drogue.

Dans leurs corps.

L'idée était probablement folle. Il s'en fichait. Il était à court d'options. Il se métamorphosa et son bec déchira la fumée, arrachant des morceaux et les avalant, réalisant soudain qu'il était plus facile de l'aspirer. Le génie n'aima pas du tout ça. Il hurla dans une langue qu'il ne connaissait pas, mâchouillant la fumée, l'aspirant comme un spaghetti.

Le génie attrapa sa queue qui disparaissait, mais ne put rien faire pour stopper Eli. Il tira et hurla, mais Eli continua de mâcher et plus il l'ingérait, plus le génie s'affaiblissait. Eli aspira la fumée et même si ce n'était pas ce qu'il y avait de plus sain, il l'avala.

Il n'alla pas calmement dans son estomac. Il s'agita et

se tortilla et le chatouilla de l'intérieur, mais au moins, il était contenu quelque part.

Mais pour combien de temps ?

— Eli ! cria Yvette alors qu'il se métamorphosait à nouveau, heurtant le sol de ses genoux.

Il était tellement épuisé, mais ne pouvait pas encore dormir. Ils n'étaient pas en sécurité. Ils devaient partir d'ici.

Yvette l'aida à se relever et ils se mirent à tituber alors qu'elle murmurait :

— Je fais aussi vite que je peux. Je sais que nous n'avons presque plus le temps.

Il eut l'impression qu'elle parlait à quelqu'un d'autre.

Puis, il l'entendit également – une voix dans sa tête.

— *Trop tard. Les avions se sont déplacés.*

— C'est quoi ce bordel ? marmonna-t-il, son estomac se tordant dans tous les sens.

— Visiblement, notre brèche pour retourner sur Terre vient de se fermer.

Il n'eut pas besoin de demander si c'était une mauvaise chose.

— Comment fait-on pour rentrer à la maison, alors ?

Elle soupira.

— Apparemment, on ne peut pas. Pas avant un siècle du moins.

Un siècle ? Ici, au paradis avec la femme qu'il aimait ? C'était tentant. Cependant, le monde qu'ils laissaient derrière avait encore besoin d'eux.

Il devait forcément y avoir un autre moyen de rentrer.

Les chaussons de rubis. Bizarrement, il se souvint de ce qu'avait dit Elspeth et cela lui donna une idée.

N'avait-il pas justement un génie dans le ventre ? Et tout le monde savait à quoi ils servaient.

Il fit un vœu. *Tous ceux qui participent à cette mission savent qu'il n'y a rien de mieux que d'être chez soi. Emmène-nous là-bas.*

CHAPITRE VINGT-CINQ

Une seconde plus tôt, Yvette se faisait étouffer par un type constitué de fumée qui pensait que c'était normal de l'étrangler avec son brouillard. Et là ?

Elle et un Eli totalement nu étaient de retour à Kodiak Point, devant son mobile home.

Elle cligna des yeux. Mais rien ne changea.

— Qu'est-ce qu'il vient de se passer ?

— Nous ne sommes pas morts ? demanda Eli qui paraissait très surpris.

En le voyant, elle ressentit tout un tas d'émotions. De la colère, car elle avait cru qu'il l'avait abandonnée. De la joie, car après tout, il était venu. De la peur, parce que, bordel de merde, ils avaient failli mourir.

L'irritation fut l'émotion la plus facile à gérer.

— Qu'est-ce qui t'est arrivé ? Tu as disparu.

Ce qu'elle ne dit pas, c'était qu'elle s'était inquiétée.

— Tes frères m'ont kidnappé.

— Pourquoi t'auraient-ils kidnappé ? cria-t-elle alors qu'elle était déjà en train de planifier leur assassinat.

— Tu me crois si je te dis que c'est parce qu'une dame qui voit le futur leur a demandé de le faire ?

— Foutus dragons qui se mêlent de tout, dit Yvette d'un air renfrogné.

— Elle n'est pas si mauvaise que ça. C'est elle qui a fait en sorte que j'arrive à temps.

— À peine. Si tu étais arrivé une minute plus tard, la situation aurait été bien plus critique.

Il l'avait sauvée et elle ne savait pas vraiment quoi en penser. D'un côté, wouhou ! De l'autre, elle avait plutôt l'habitude de se sauver elle-même.

— Ne m'en veux pas. C'est plutôt de la faute du démon qui était chargé de m'accompagner.

Bien sûr, le Diable était impliqué.

— En parlant de démons, où sont mes frères ? Et tous les autres d'ailleurs ?

Son visage s'assombrit.

— J'espère vraiment qu'ils sont rentrés chez eux. Après tout, c'est ça que j'ai souhaité.

Souhaité ? Elle le regarda, puis observa son ventre nu. Il cacha son sexe avec ses mains.

— Putain de merde, tu as mangé le génie.

— Ouais.

Elle secoua la tête.

— Pourquoi as-tu fait un truc aussi cinglé ?

— Je ne savais pas comment faire pour l'enfermer.

— Tu as mangé un putain de génie, Eli. Je doute sérieusement que ce soit très sain.

— C'est toujours mieux que de le laisser te faire du mal, dit-il avec une honnêteté brute et crue.

Et elle ne sut pas quoi dire. C'était trop intense. Trop profond pour qu'elle puisse y faire face.

— Justement, à ce propos. En fait, il n'avait pas l'intention de nous faire du mal. Avant que tu n'arrives, le génie, qui a choisi de s'appeler Raoul, m'a parlé de son plan. Je pense que ça t'aurait plu.

Il fronça les sourcils.

— J'en doute beaucoup.

Malgré son scepticisme, elle lui raconta le plan de Raoul.

— Tu as remarqué comme cet univers dans le ciel était mort ? Le génie aimait beaucoup cet environnement et n'avait pas vraiment envie d'aller ailleurs, mais il était fatigué d'être seul. Il attendait un stock biologique viable pour mettre en place un programme de reproduction.

Face à son air confus, elle simplifia ses propos.

— Raoul avait prévu de nous mettre dans l'un de ses châteaux, de nous offrir plein de nourriture, de boissons et d'autres choses pour nous rendre heureux pour qu'on fasse tout le temps l'amour et qu'on ait des bébés pour relancer une civilisation sur laquelle il aurait pu régner.

Il se figea.

— Attends une seconde. Tu es en train de me dire que je viens de nous sauver du paradis des aigles, où mon unique tâche aurait été de te faire l'amour dans le luxe ?

Elle hocha la tête et sourit d'un air malicieux.

— Tu regrettes ton choix ?

— Non, parce que mon premier réflexe sera toujours de te sauver.

À en juger par ses yeux écarquillés, il s'était plus confié que prévu.

— Attends, Eli Jacobs, t'es en train de me dire que tu aimerais être mon héros ?

— J'ai envie d'être tout pour toi, si tu m'y autorises. Mais plus tard, après qu'on ait vérifié que tes frères et l'escadron aillent bien.

— Je suis plus préoccupée par le génie dans ton ventre.

Il baissa les yeux.

— Pour le moment, il reste calme. Mais ouais, il faudrait faire quelque chose à ce sujet.

Car quand il déciderait de sortir, ce ne serait pas une partie de plaisir. Avant qu'Yvette ne puisse répondre, une femme les interpella :

— Eli, je te jure que si tu vomis encore une fois sur ma pelouse je te découpe les couilles avec mon couteau à poisson !

Eli se retourna et la salua :

— Et bonne journée à toi aussi, Karen !

En entendant la porte claquer, Eli ne put s'empêcher de sourire. Puis il se tourna vers elle pour la soulever et la serrer dans ses bras.

— Qu'est-ce qui me vaut cet honneur ? demanda-t-elle.

— Parce que c'est une belle journée ensoleillée.

En réalité, le ciel était très nuageux, mais elle eut envie de sourire elle aussi.

Ils passèrent les deux heures suivantes à courir dans tous les sens – après qu'Eli se soit habillé et ait englouti toute une bouteille de Pepto[1]. Ils finirent chez Reid, passant des appels sur le téléphone de l'alpha, prenant des nouvelles auprès du général et discutant même avec le Conseil à un moment donné.

En quelques minutes à peine, ils surent que tout l'équipage allait bien, les trois frères d'Yvette étaient à la maison chez Papa et Maman. Les membres de l'escadron étaient là où ils se sentaient le plus à l'aise, ce qui, pour Curry et Thomas, s'avéra être la zone 69. Les dragonnes allaient bien. Même leur pilote.

En constatant que tout allait bien et qu'ils avaient réussi, elle fut soulagée et son corps entier se détendit. Cependant, en voyant la fatigue sur le visage d'Eli – et en le voyant s'endormir une fois alors qu'il était debout – elle le traîna finalement jusqu'à sa caravane pour un repos bien mérité.

Une caravane qui, apparemment, était garée là où la maison de son grand-père avait jadis existé. Elle avait brûlé il y a quelques années avec l'homme à l'intérieur d'après Jan, l'épouse de Boris. Les habitants de la ville affirmaient que le grand-père d'Eli hantait les lieux, mais Eli refusait d'aller ailleurs. Surtout par culpabilité, car il se trouvait à l'armée quand le poêle à bois avait mal fonctionné et causé ces dégâts.

C'était un bel endroit – si l'on ignorait la voisine bruyante. Avec un peu d'effort, ç'aurait pu être un vrai foyer.

À l'intérieur de la caravane, cela sentait la javel et le désespoir. Rappelant ce qu'Eli avait été. Plus l'homme qu'il voulait être. Pas l'amant et le héros qu'elle avait appris à connaître.

Elle le prit par la main et lui dit :
— Allons dehors. J'ai envie de voir les étoiles.

Ils prirent une couverture qu'ils étalèrent sous une canopée d'étoiles lointaines. Ils firent l'amour, sans avoir besoin de se faire de déclaration. Ils se comprirent à travers les douces caresses, les baisers haletants, le frottement langoureux de leur peau. Dans cette justesse quand leurs corps s'unirent avec intimité.

Quand elle jouit, ce fut un moment de pur bonheur.

Elle s'assoupit, blottie dans ses bras et faillit se pisser dessus quand elle se réveilla face à ces ombres penchées sur eux qui les observaient de leurs yeux brillants.

— C'est quoi ce bordel ?

Depuis qu'elle avait perdu son arme durant son combat avec le génie, Yvette n'avait plus que son couteau. Elle le lança et une main gantée le rattrapa. Ce ne fut que lorsqu'elle cligna des yeux qu'elle remarqua qu'elle venait d'avoir essayé de tuer un cavalier de l'apocalypse, qui avait un chat sur l'épaule.

— Fais attention ! grogna-t-il.

— Si vous ne voulez pas vous faire poignarder, alors ne surprenez pas les gens comme ça, rétorqua Yvette.

— Désolée. Et désolée pour notre retard, dit Jeebrelle en repoussant sa capuche.

La lumière vert pâle était presque argentée sous la lumière des étoiles. Ses cheveux avaient pris une teinte métallique.

— En retard pour quoi ? demanda Eli en s'asseyant.

Comme ils avaient choisi de dormir dehors, ils s'étaient rhabillés avant leur dernier câlin.

Heureusement d'ailleurs, sinon, ç'aurait été encore plus gênant.

— Je crois qu'ils sont là pour récupérer le génie, dit Yvette qui venait de comprendre.

— Comment ? demanda Eli, baissant les yeux vers son ventre.

Yvette s'adressa aux cavaliers.

— Je précise tout de suite qu'il est hors de question que vous l'éventriez.

— Comme si vous aviez le choix, ricana l'un d'entre eux.

— Soyez gentils. Ne provoquez pas la fille, intervint Jeebrelle. Calme-toi ma belle. Nous n'aurons pas besoin de faire de trou dans ton homme.

Au lieu de s'offusquer de l'emploi de l'expression « ma belle » elle leur demanda :

— Comment comptez-vous l'extraire ?

Ce fut au tour d'Eli de murmurer :

— Par la trappe. Par le cul quoi.

— Certainement pas putain. Même si ça pourrait marcher, c'est absolument dégoûtant, dit un homme vêtu d'une robe qui enleva sa capuche d'un air renfrogné. On va le faire sortir de la même façon qu'il est entré.

— Ça n'a toujours pas l'air très agréable, remarqua Eli.

— Pas plus que d'être éventré par des personnes à la poursuite d'un génie, qui sont encore plus impitoyables que nous, intervint le type avec le chat.

— Je ne peux pas faire le vœu de mettre le génie dans un bocal ? demanda Eli.

— Tu serais prêt à le faire ? demanda Jeebrelle d'un air surpris. Tu serais prêt à gâcher un vœu ? La plupart des gens ne les offrent pas aussi volontairement.

— Je n'ai pas envie de l'avoir en moi et j'ai déjà ce qu'il me faut ici.

Et oui, Eli jeta un coup d'œil vers Yvette.

Et c'est là qu'elle lâcha soudain :

— Épouse-moi.

---

1. Médicament utilisé pour soulager les malaises gastriques

ÉPILOGUE

Heureusement, même si la situation était très gênante et n'avait rien de romantique, Eli répondit :
— Oui.

Le jour suivant, il lui offrit un morceau de métal tordu qui était apparemment une bague de famille qui avait fondu durant l'incendie et lui demanda, de façon tout aussi gênante d'être sa femme.

Elle aussi dit :
— Oui.

Puis, elle appela sa mère et lâcha :
— Je suis fiancée.

Elle raccrocha sans attendre de réponse de sa part et dit à Eli :

— Il faut que nous retournions au camp pour un débriefing.

Ils ne restèrent pas longtemps. Notamment parce que le général leur annonça :

— Vous avez besoin d'une pause. Prenez quelques jours – plusieurs semaines même si besoin.

Yvette plissa les yeux.

— Ma mère vous a appelé ou quoi ?

— À vrai dire, toute votre famille l'a fait. Je crois qu'ils ont hâte que vous rentriez à la maison.

Ce qui voulait dire qu'il était temps. Mais elle ne le fit pas sans un incident. Juste avant de quitter le camp, Curry lui tendit son téléphone.

— Ta mère voudrait te parler.

Elle aurait donc dû avoir un être rationnel et aimant au bout du fil et pas cette femme qui hurlait :

— Tu t'es fiancée à un poulet ?!

— Pas un poulet, Maman. Eli est un aigle.

— Mais il n'est bon qu'en ragoût, pas pour ma fille ! déclara sa mère, la féline snob.

Mais son père, le patriote, aimait bien les aigles. Jusqu'à ce qu'il rencontre l'homme qui se tapait sa fille en personne. Dès l'instant où ils sortirent de la voiture de location, Yvette sut que ça allait être un désastre, car son père avait enlevé ses chaussons.

— Papa ! Non !

Elle agita son doigt devant le jaguar légèrement gris qui essayait de bondir sur Eli pendant que ce dernier s'envolait dans le ciel, son nouveau pull foutu alors qu'il volait en cercle au-dessus d'eux.

— Dis-lui d'arrêter ! dit Yvette en marchant d'un pas lourd jusqu'à sa mère.

— Donne-moi une bonne raison de le faire.

— Parce que je l'aime, dit Yvette en levant les yeux vers le ciel et en souriant.

— Tu étais obligée de tomber amoureuse de quelque chose qui sent aussi bon ? se lamenta sa mère. Nous allons devoir faire très attention avec tes enfants pour que les cousins ne les mangent pas quand ils seront encore petits et fragiles.

— Qui a dit que nous allions avoir des enfants ? rétorqua Yvette.

— Moi. À moins que tu n'aies pas encore remarqué que tu étais enceinte ?

Comme sa mère ne s'était jamais trompée auparavant, Yvette l'annonça à Eli dès l'instant où il atterrit, puis elle vomit immédiatement sur ses pieds.

Le fait qu'il n'ait pas vomi en retour et répondit : « Est-ce que ça va ? » en lui frottant le dos, conduisit son père – une fois qu'il eut arrêté d'avoir des haut-le-cœur et qu'Eli ait nettoyé ses pieds – à l'accueillir enfin.

— Bienvenue dans la famille, Sam.

— Il s'appelle Eli, lui rappela Yvette.

— Mais il me rappelle Sam Eagle des Muppets[1], déclara son père.

— Il me fait plus penser à Charlie le Coq des Looneys Tunes, intervint Owen.

— Vous êtes de vrais cons ! s'insurgea Yvette.

Ce à quoi Xavier répondit :

— Tu préfères qu'on le surnomme Big Bird[2] ?

Cette dernière insulte la poussa à sortir son pistolet et à tous les menacer de leur tirer dessus.

Sa mère décida que c'était dû aux hormones de la grossesse et déclara qu'Yvette avait besoin d'un rosbif et d'une tarte aux pommes pour le dîner.

Il s'avéra que sa mère avait raison. Yvette se sentit beaucoup mieux. Même si elle continuait à vomir chaque fois que quelqu'un mentionnait la grossesse. À chaque fois, Eli lui massait le dos.

Elle se dépêcha de l'épouser pour pouvoir encore entrer dans la robe de mariée de sa mère et avant que sa marche gracieuse jusqu'à l'autel ne ressemble à celle d'un canard qui se dandine.

Eli était si beau dans son uniforme. Il avait été promu colonel grâce à son acte héroïque avec le génie.

Ils se marièrent dans le jardin, où Phil tenait un fusil en sanglotant. Notamment parce qu'il n'avait pas pu l'utiliser comme il l'aurait voulu, d'après Owen. Papa la conduisit jusqu'à l'autel pendant que Maman pleurait.

Ils se dirent : « Je le veux » et « Je t'aime » et tout un tas de choses cucu dont elle se souvenait à peine.

La seule chose dont elle se rappelait clairement au moment où ils avaient prononcé leurs vœux, c'était son imbécile de frère, Phil, qui avait déclaré :

— L'Aigle de Fer a atterri.

Ce à quoi Owen avait répondu :

— Tais-toi, idiot. Tu ne vois pas qu'ils sont en train de vivre un moment unique ?

Un moment qui durerait tout le reste de leur vie.

Qui ne serait peut-être pas aussi long que ce que les gens pouvaient croire, constata le chat en s'éloignant pour aller retrouver son dragon, un mâle avec des friandises dans les poches et qui le grattait toujours agréablement sous le menton. Il lui manquerait quand ce serait la fin du monde.

FIN ? Pas exactement. Je suis assez curieuse pour Xavier et Jaimie. Finiront-ils par ouvrir les yeux et arrêter leurs conneries ? Qu'est-ce que les cavaliers de l'apocalypse ont fait du génie ? Et pourquoi est-ce que ce chat prédit la fin du monde ? Pour en savoir plus sur les métamorphes et pour comprendre comment ils en sont arrivés là, allez jeter un coup d'œil à *Bitten Point*, qui nous amène ensuite à *Dragon Point* et aux très intéressants cavaliers de l'apocalypse – qui sont en réalité des dragons !

---

1. Personnage aigle des Muppets connu pour son ultra-patriotisme
2. Big Bird est un gros oiseau jaune apparaissant dans l'émission pour enfants Sesame Street

www.ingramcontent.com/pod-product-compliance
Lightning Source LLC
LaVergne TN
LVHW041627060526
838200LV00040B/1473